Emily B.
Tanz der Schatten

Emily B.

Tanz der

Schatten

und andere
unheimliche
Erzählungen

ISBN 3-89811-850-9

Inhaltsverzeichnis:

Der Puppenspieler

"Hereinspaziert, hereinspaziert! Die nächste Vorstellung fängt in zehn Minuten an! Lassen Sie sich in die wunderbare Welt der Puppen entführen. Hereinspaziert meine Damen und Herren, liebe Kinder!"

Mitten auf dem großen Kirmesplatz, direkt neben der Raupenbahn stand ein unscheinbares kleines gelbes Zelt. Und hier pries der Puppenspieler lautstark sein Können an.

Viele Leute blieben stehen und musterten den ärmlich gekleideten hageren Mann, der sie lautstark aufforderte näherzukommen. "Lassen Sie sich in die magische Welt der Fantasie entführen und vergessen Sie alle Alltagssorgen. Hier ist bisher jeder zufriedengestellt worden, so wahr ich Marius Marionetto heiße! Immer Hereinspaziert!"

Viele Leute hatten mittlerweile das kleine Zelt betreten und auf einer der einfachen wackeligen Holzbänke Platz genommen. Aufgeregtes Gewisper erfüllte den Raum, und alle starrten auf den verschossenen blauen Vorhang, hinter welchem die Bühne verborgen war. Mehrere nackte Glühbirnen erhellten den Raum spärlich, und man konnte den Müll, der unter den Holzbänken lag, mehr erahnen als sehen. Hin und wieder ertönte ein blechernes Geräusch, wenn einer der platzsuchenden Zuschauer versehentlich auf eine leere Getränkedose trat. Von draußen war immer noch die Stimme des Puppenspielers zu hören, der versuchte sein Zelt für die nächste Vorstellung randvoll zu bekommen.

Viele Zuschauer wunderten sich über die ärmliche Ausstattung des Zeltes, hofften aber, durch eine um so bessere Darbietung entschädigt zu werden.

Endlich erschien der Puppenspieler durch einen Seiteneingang und stellte sich vor den blauen Vorhang. "So, meine Damen und Herren, liebe Kinder! Gleich ist es soweit. In wenigen Augenblicken wird sich dieser blaue Vorhang heben, und die Vorstellung beginnt. Ich wünsche Ihnen allen viel Vergnügen!"

Ein leichter Beifall erklang aus dem Publikum, und von einer der hinteren Bänke ertönte eine weinerliche Kinderstimme. Dann wurde der Vorhang langsam nach oben gezogen, und im gleichen Moment erloschen die Glühbirnen im Zelt, so dass nur noch die Bühne durch einen einzigen Strahler beleuchtet wurde. Neugierig musterten die Zuschauer die schlichte Kulisse , die aus einem einfachen Haus und einem großen Baum bestand, während eine leise schwermütige Melodie erklang.

Und endlich erschienen die ersten Marionetten auf der Bühne. Von rechts näherte sich langsam ein altes Mütterlein mit schleppendem Gang, während sich ein junger Bursche hinter dem Baum versteckte. Das alte Mütterlein begann traurig zu der schwermütigen Weise zu singen, als plötzlich der Junge hinter dem Baum hervorsprang und sie niederschlug.

Auch die Puppen machten einen ärmlichen Eindruck, die Kleider waren teilweise eingerissen, und an einigen Stellen fehlte die Farbe. Selbst einfache Holzpuppen bedürfen ab und zu etwas Pflege, aber es schien, als könne der Puppenspieler selbst sein eigenes Handwerkszeug nicht in Ordnung halten.

Die weitere Handlung des Stückes verlief in üblicher Weise, es tauchten noch ein Polizist, ein Förster und ein Zauberer auf, und auch der Kasperle durfte natürlich nicht fehlen. Zum Schluß siegte selbstverständlich das Gute, und nach einem kräftigen Beifall verließen die Zuschauer das Zelt wieder, froh nicht noch länger auf den harten Bänken ausharren zu müssen.

Kurz darauf stand Marius Marionetto wieder vor seinem Zelt und pries die nächste Vorstellung an. Viele Leute ließen sich von seinem ärmlichen Äußeren erweichen und beschlossen eine Aufführung zu besuchen, um auch einem kleinen Geschäft eine Existenz zu ermöglichen. Und so hatte der Puppenspieler auch an diesem Tag fast alle Vorstellungen ausverkauft.

Nach einigen Tagen zog er weiter in die nächste Stadt, um auf einer anderen Kirmes seine Darbietung zu verkaufen. Und fast überall hatte er Glück, und die Menschen traten ein und zahlten. Was niemand wußte: Hinter dem kleinen alten gelben Zelt stand ein großes schwarzes Auto mit einem riesigen Wohnwagen. Wurde die Kirmes abends geschlossen, tauschte der hagere Mann seine ärmlichen Sachen gegen einen teuren Maßanzug, setzte sich in seine schwarze Limousine und fuhr in die jeweilige Stadt. Dort ließ er es sich gutgehen und verprasste das Geld, welches ihm viele Leute nur aus Mitleid hatten zukommen lassen. Was aber noch schlimmer war: Nach jeder Vorstellung nahm er seine Marionetten und schmiss sie lieblos in eine große Holzkiste, anstatt sie ordentlich an den silbernen, dafür vorgesehenen Haken aufzuhängen. Zur nächsten Vorstellung dann zog er sie einfach an den Haaren aus der Kiste wieder heraus und riss sie unsanft auseinander, sollten sie sich einmal verheddert haben.

So blieben immer wieder neue Blessuren bei den Puppen nicht aus, doch das schien den Puppenspieler nicht zu stören. Wäre er vielleicht etwas mitfühlender gewesen und hätte seine Marionetten liebevoller behandelt, dann wären seine Aufführungen sicherlich ausdrucksvoller gewesen.

Aber Marius Marionetto war ein grober Mensch, der nur freudige Erregung zeigte, wenn er seine Tageseinnahmen zählte. Und so blieb ihm auch verborgen, welches Unheil er mit seiner rücksichtslosen Art heraufbeschwor.

Eines Abends, die letzte Vorstellung war beendet, griff der Puppenspieler seine Marionetten, um sie wie üblich in die große Holzkiste zu werfen. Als er den Förster in der Hand hielt, bemerkte er, dass die Puppe nur noch an fünf Fäden hing, anstatt an den üblichen neun. Auch der Försterrock war derart zerschlissen, dass die nackte Holzbrust schon zu sehen war. Am linken Fuß fehlte die Schuhspitze, und der Hut hatte fast keine Federn mehr. Aber das Schlimmste war, daß die Nase abgebrochen war, was dem Gesicht des Försters ein wahrhaft lächerliches Aussehen gab.

"Dich kann ich nicht mehr gebrauchen!" entschied der Puppenspieler, "das Restaurieren würde viel Geld und Zeit in Anspruch nehmen, und niemand vermisst eine so elende Figur. Ich werde die Rolle des Försters einfach streichen!" beschloss er und warf die kaputte Puppe in eine große Abfalltonne. "Wer will heutzutage noch einen Förster sehen?" murmelte er im Hinausgehen und schloss das Zelt. Dann ging er seiner üblichen Zerstreuung nach, wie er es jeden Abend zu tun pflegte.

Kaum hatte er das Zelt verlassen, erhob sich ein lautes Gejammer und Gestöhne. "Hey, Kasper, kannst du nicht deinen Fuß aus meinem Gesicht nehmen? Du brichst mir ja die Nase!" forderte der Polizist. "Mein Fuß, mein Fuß" jammerte das alte Mütterlein, "ach, ist das ein Elend!" - "Ihr solltet mal meinen Arm sehen!" rief der junge Bursche, "da ist ein richtiges Loch drin!" - "Was soll denn der arme Förster sagen!" gab der Kasper zu bedenken. "Wir können doch froh sein, selbst noch nicht im Müll gelandet zu sein!" - "Ach, wenn ich an früher denke!" stöhnte das alte Mütterlein. "Wir waren am Anfang zwanzig Puppen, eine Prinzessin und ein König waren dabei, ein Räuber und ein Pirat, ein Prinz und ein junges hübsches Mädchen und noch *viele mehr. Sie sind alle nach und nach im Abfall gelandet, weil unser Herr uns so schlecht behandelt!" - "Es ist nur eine Frage der Zeit" rief der Polizist dazwischen, "bis uns alle dasselbe Schicksal ereilt!" Die anderen stimmten ihm traurig zu.*

Plötzlich hörten sie ein leises Rufen aus der Mülltonne: "Hört mich denn keiner? Ihr müßt mir helfen, ich gehöre doch zum Stück. Wer spielt denn jetzt nur meine Rolle?" - "Deine Rolle ist gestrichen worden, Förster" rief nun der Zauberer, der vergeblich versuchte seinen langen weißen Bart unter dem jungen Burschen hervorzuziehen.

"Gestrichen?" schrie der Förster panisch aus der Tonne. "Ja, gestrichen" antwortete der Polizist deprimiert.

"Es muß etwas geschehen!" stellte der junge Bursche fest, "wir können uns diese Behandlung nicht mehr gefallen lassen!"

"Was willst du tun?" fragte der Zauberer, der immer noch mit seinem Bart beschäftigt war.

"Wir brauchen einen neuen Herrn!" rief der Polizist und blickte triumphierend um sich.

"Und wie willst du das anstellen?" fragte das alte Mütterlein. "Von selbst wird er uns nie verkaufen!"

"Wir müssen uns etwas überlegen!" drängte der Polizist. "Und zwar noch heute nacht!"

"Überlegt euch erst, wie ihr mir helfen könnt!" forderte der Förster nun ungeduldig aus der Mülltonne. "Um dir zu helfen müßte man zaubern können!" Der junge Bursche stutzte. "Was ist Zauberer, kannst du ihm nicht helfen?" - "Ich habe noch nie gezaubert!" gibt der Zauberer leise zu. "Ich habe auch immer nur eine Rolle gespielt, wie ihr alle!"

"Versuch es!" forderte jetzt der Polizist, der misstrauisch seine Uniform musterte. Drei Knöpfe fehlten auf der Jacke, und die Mütze hatte einen dicken Fleck. Er musterte unauffällig die anderen Puppen, und stellte erleichtert fest, dass das alte Mütterlein und der junge Bursche noch viel schlimmer dran waren als er selbst. Aber das konnte sich von einem zum anderen Tag ändern. Ein falscher Stoß, und er wäre vielleicht doch der nächste, der im Abfall landen würde.

"Ja, versuch es!" forderten jetzt auch die anderen Puppen den Zauberer auf. Selbst aus der großen Mülltonne war die Stimme des Försters laut und deutlich zu vernehmen.

"Was soll ich versuchen zu zaubern?" fragte nun der Zauberer hilflos. Sie berieten hin und her, und da sie noch keinen richtigen Plan gefasst hatten, beschlossen sie als erstes dem Förster sein Los zu erleichtern.

"Zaubere den Förster aus der Mülltonne heraus!"
forderten sie einstimmig den Zauberer auf.
"Ich werde es versuchen!" versprach der Zauberer
und richtete sich auf. Dann überlegte er einen
Moment, kniff die Augen zusammen und vollführte
eigenartige Bewegungen mit seinen Armen.
Die übrigen Puppen warteten atemlos. Doch nichts
geschah.
Schon wollte der Zauberer aufgeben, da öffnete
sich langsam der Deckel der Mülltonne und dann
erschien erst der Kopf, später die restliche armselige
Gestalt des unglückseligen Försters und schwebte
auf die Holzkiste zu. Sanft landete er auf dem Bauch
des Kaspers, der obenauf lag.
Die übrigen Marionetten starrten den Förster
verzückt an, dann erhob sich ein lauter Beifall, der
sich natürlich entsprechend klappriger anhörte, als
der aus dem menschlichen Publikum, denn die
Puppen schlugen ihre Holzhände gegeneinander.
Dennoch war dieser Beifall sicherlich ehrlicher, als
der der sonstigen Zuschauer.
Der Zauberer blickte nun stolz in die Runde und
sagte: "Es ist an der Zeit eine Änderung
herbeizuführen. Wir brauchen nur noch einen guten
Plan!" - "Außerdem sollten wir unserem Herrn einen
Denkzettel verpassen, den er sein Lebtag nicht
vergisst!" forderte der Förster lautstark.

Und so berieten sich die Marionetten bis tief in die Nacht, als sie schließlich einen folgenschweren Entschluss fassten.

Kurz darauf kehrte Marius Marionetto von seinem allabendlichen Ausflug zurück, unwissend, dass dieses wohl der letzte normale Tag in seinem Leben gewesen sei.

Am nächsten Morgen wunderte sich der Besitzer der Raupenbahn, dass in dem kleinen gelben Zelt seines Nachbarn noch völlige Ruhe herrschte, und als auch gegen Mittag der Puppenspieler nicht auftauchte, beschloss er, mit weiteren Kirmesbudenbesitzern einmal nach dem rechten zu sehen.

Der Wohnwagen von Marius Marionetto war leer, aber die schwarze Limousine stand an ihrem gewohnten Platz. Die besorgten Nachbarn betraten das gelbe Zelt durch den Seiteneingang und waren von völliger Dunkelheit umgeben.

"Seltsam" murmelte der Besitzer der Raupenbahn. "Um diese Zeit sind normalerweise schon drei Vorstellungen gelaufen!" Ratlos schüttelte er seinen fast kahlen Kopf.

"Vielleicht ist er hinter der Bühne?" vermutete der Betreiber eines Kinderkarussels und suchte nach

dem Lichtschalter. *Endlich leuchteten die Glühbirnen und tauchten das Zelt in ein unheimliches Licht. Ohne Zuschauer wirkte es noch kleiner und schmuddeliger.*

Der Besitzer der Raupenbahn führte die Gruppe hinter die Bühne, wo ebenfalls Dunkelheit herrschte. Nachdem der Strahler brannte, schauten die Männer sich neugierig um. Aber der Puppenspieler war nirgends zu entdecken. "Eigenartig!" wunderten sie sich, beschlossen aber erst einige Zeit abzuwarten, vielleicht war Marius Marionetto ja bald wieder da.

Nach zwei Tagen rief der Besitzer der Raupenbahn die Polizei, doch der Puppenspieler blieb weiterhin unauffindbar.

Einige Wochen danach stand das Marionetten-theater zum Verkauf. Im Angebot waren außer der Bühne und der Kulisse noch sieben Marionetten: ein altes Mütterlein, ein junger Bursche, ein Polizist, ein Förster, ein Zauberer, ein Kasper und ein hagerer Mann, in ärmlicher Kleidung!

?!?!?!?!?!?!?!?!?!?!

Die Brille

"Marie, du musst aufstehen, sonst kommst du zu spät zur Schule!" wurde die Tür zu Maries Zimmer aufgerissen, und Tobias steckte seinen braunen Wuschelkopf herein.

"Ja, ja" stöhnte Marie und drehte sich missmutig auf die andere Seite. "Ich steh gleich auf." - "Beeil dich, ich bin im Bad schon fertig" rief ihr Bruder, der bereits komplett angezogen war, nun vom hinteren Ende des Flures. Marie stöhnte abermals, richtete sich halb auf und tastete mit der linken Hand auf dem kleinen Tischchen neben ihrem Bett nach ihrer Brille.

"So ein Mist!" murmelte sie, als sie endlich auf der Bettkante saß. Tobias hatte gut reden. Er war ja auch schon vierzehn Jahre alt, ein hübscher Junge, der immer haufenweise Freunde hatte und mittlerweile schon die ersten Mädchen "abschleppte". Aber sie, Marie!

Warum hatte ihr Vater auch eine neue Stelle annehmen müssen. Nur deshalb waren sie in die Großstadt gezogen, und Tobias und Marie mussten die Schule wechseln. Und heute war der erste

Schultag, wie grässlich! In der kleinen Dorfschule, die die beiden bisher besucht hatten, kannten sich alle Kinder von kleinauf. Und Marie hatte richtige Freundinnen gehabt. Aber in der neuen Schule kannte sie niemanden.

Marie war jetzt zwölf Jahre alt, und in diesem Alter begannen viele Mädchen sich für Jungs zu interessieren, und vermehrt auf ihr Äußeres zu achten. Doch sie hatte damit nichts im Sinn. "Wozu soll ich eitel sein?" fragte sie sich immer wieder, wenn sie frustriert in den Spiegel schaute. "Mich beachtet sowieso kein Junge, es sei denn, er zieht über mich her!"

Auch jetzt stand sie wieder vor dem großen Spiegel im Badezimmer und starrte sich wütend an. Eigentlich unterschied sie sich überhaupt nicht von anderen Mädchen ihres Alters, wäre da nicht diese überaus grässliche Brille gewesen, ohne die Marie blind wie ein Maulwurf war.

Aus dem Badezimmerspiegel glotzten sie zwei riesige Glupschaugen an, die sich direkt durch die unheimlich dicken Brillengläser zu bohren schienen. Marie hasste diesen Anblick, wusste aber, dass ihr niemand helfen konnte. Sie hatten schon sämtliche Augenärzte im Umkreis konsultiert, und keiner sah eine Möglichkeit, ihre angeborene Sehschwäche mit Kontaktlinsen , oder aber mit einer Operation in den Griff zu bekommen. Nein , im Gegenteil, alle hatten ihr immer wieder versichert, wie glücklich sie sich doch schätzen könnte. Sie hätte im Gegensatz zu manchen anderen Kindern wenigstens die Möglichkeit, mit einer Brille verhältnismäßig gut sehen zu können.

Marie riss sich seufzend von ihrem ihr so verhassten Spiegelbild los und nahm in Windeseile eine Katzenwäsche vor, denn ihr Bruder wurde langsam ungeduldig: "Marie, wo bleibst du denn, der Bus fährt in zwanzig Minuten!" - "Ich komme gleich" antwortete sie schnell und lief zurück in ihr Zimmer, wo sie rasch in ein paar Jeans sprang, und sich einen gelben Pullover über den Kopf zog. Dann stürmte sie die Treppe hinunter in die Küche, wo ihre Mutter gerade die Schulbrote schmierte.

"Da bist du ja, mein Schatz. Du wirst sehen, die neue Schule wird dir gefallen!" wurde Marie empfangen, doch sie antwortete nicht, sondern kaute mit finsterem Blick auf ihrem Marmeladenbrot herum. "Ihr habt alle gut reden!" dachte sie nur, schmiss trotzig ihre langen braunen Haare nach hinten, krauste die kleine Nase und wünschte sich, dass sie auf der Stelle krank werden würde. Dann könnte man den unangenehmen ersten Schultag, wenigstens noch ein bisschen hinausschieben.

Doch es geschah natürlich gar nichts in dieser Hinsicht, es war nicht das kleinste Anzeichen einer Krankheit erkennbar! Schließlich saß Marie neben ihrem Bruder im Schulbus und wagte sich gar nicht auszumalen, was heute wohl auf sie zukommen würde!

"Das ist eure neue Klassenkameradin Marie Krüger" sagte die Lehrerin zu wohl zwanzig neugierigen Augenpaaren, die die "Neue" unverblümt anstarrten. Und schon ertönte ein leises Kichern, das erst hinten im Klassenzimmer begann, und dann immer lauter werdend auch auf den vorderen Bereich des Raumes übergriff.

"Wo ist noch ein Platz frei?" fragte die Lehrerin ungerührt, als würde sie nichts bemerken. Doch niemand meldete sich. "Setz dich dort ans Fenster" bestimmte sie schließlich, und schob Marie sanft in die Richtung des ihr zugewiesenen Platzes. Und plötzlich herrschte Totenstille. Marie ging langsam auf das Fenster zu, und jede ihrer Bewegungen wurde von den zwanzig Augenpaaren verfolgt.

Endlich hatte sie ihren Platz erreicht und ließ sich erleichtert auf den Holzstuhl sinken, da begann auch schon ein leises Getuschel. Marie wagte nicht den Blick zu heben. Sie packte langsam ihre Schulhefte aus und starrte dabei wie versteinert auf den weißen Tisch vor sich . Und dann begann die

Lehrerin endlich mit dem Unterricht. Nach und nach verstummte auch das Gewisper der anderen Schüler, denn die Lehrerin war sehr streng und duldete keine Störungen. So vergingen die ersten beiden Schulstunden wie im Fluge, bis plötzlich das Klingelzeichen zur Pause ertönte.

Schlagartig sprangen die Mädchen und Jungen auf, kramten ihre Pausenbrote aus den Schultaschen und verließen das Klassenzimmer. Auch Marie nahm ihre Butterbrote und folgte den anderen hinaus auf den Schulhof. Neben der großen Glastür des Seiteneingangs entdeckte sie mehrere ihrer neuen Klassenkameraden. "Geh nur auf sie zu, dann wirst du bestimmt neue Freunde finden!" hatte ihr Vater gesagt, und sie beschloss seinem Rat zu folgen. Sie stellte sich einfach neben ein hochaufgeschossenes blondes Mädchen in Jeans und einer roten Bluse, die das ganze Gesicht voller Sommersprossen hatte.

Dieses Mädchen hieß Denise und war scheinbar die Wortführerin einer Gruppe Mädchen, denn sie erzählte gerade ausführlich, daß sie am vergangenen Wochenende mit ihren Eltern eine Reise nach Italien unternommen habe. "Wir sind mit dem Flugzeug meines Vaters direkt nach Neapel geflogen" erklärte sie gerade großspurig, als sie auf Marie aufmerksam wurde. Schlagartig verstummten alle Umstehenden und starrten Marie halb abwertend und halb belustigt an. Dann begann Denise zu grinsen und sagte: "Wen haben wir denn da? Seit wann ist diese Schule denn eine Sonderschule?"

Triumphierend sah sie sich um, als die anderen Schüler zu lachen begannen.

"Hast du dich verlaufen; kleiner Frosch?" fragte sie an Marie gewandt. "Hinter der Schule ist ein Teich, da sitzen noch mehr solche Gestalten herum, die so aussehen wie du!"

Wieder lachten alle. Marie schaute beschämt nach unten, während auch andere Mädchen und Jungen anfingen zu lästern.

Plötzlich bekam sie von hinten einen Stoß und ihr Pausenbrot flog quer über den Schulhof mitten in eine Pfütze. "Oh, das tut mir aber leid!" höhnte der Junge, der sie absichtlich angerempelt hatte.

"Frösche mögen doch Feuchtfutter!" rief jetzt ein anderer, und nun war das Gelächter nicht mehr aufzuhalten.

Immer mehr Kinder und Jugendliche hatten sich mittlerweile um die Gruppe versammelt und drängelten, um Marie besser sehen zu können.

"Da ist Hugo" sagte ein Mädchen und deutete auf einen Jungen mit zerfledderter Jeans und Lederjacke . Eine schwarze Schirmmütze mit einem

Totenkopfemblem saß keck auf dem fast kahl rasierten Kopf. Lässig schlenderte Hugo, die Hände in den Taschen, auf die Gruppe zu, und alle machten ihm Platz. Schließlich stand er direkt vor Marie und musterte sie mit zusammengekniffenen Lippen.

Dann sagte er plötzlich: "Was haben wir denn da?"

"Einen Frosch, das sieht doch jeder!" lachte Denise, die sich in Hugos Gegenwart noch stärker fühlte.

"Dann wollen wir mal sehen, ob der Frosch auch hüpfen kann!" rief Hugo und rempelte Marie so grob von der Seite an, dass das Mädchen das Gleichgewicht verlor und auf den Asphalt stürzte. Dabei flog die Brille etwa einen Meter neben ihr ebenfalls auf den Schulhof. "Na sieh mal an" sagte Hugo, "jetzt hat sich der Frosch in einen Maulwurf verwandelt!" und wieder brach er in wieherndes Gelächter aus, in das die anderen sofort einfielen. Marie lag zitternd auf der kalten Erde und versuchte vergeblich ihre Brille zu ertasten. Sie sah die Umstehenden jetzt nur noch schemenhaft, was ihre Angst verstärkte. So nahm sie auch nur einen Schatten wahr, als Hugo an ihr vorbeiging. Doch das Geräusch der berstenden Brillengläser war selbst für Marie gut zu hören. Denn in dem Moment, als Hugo den Fuss hob herrschte plötzlich wieder Stille.

"Ein Maulwurf ist mir lieber" stellte er nun zufrieden fest, "fang an zu buddeln" fügte er zu Marie gewandt hinzu, "auf der Erde liegst du ja schon!" und wieder lachte er gehässig.

"So, das Problem wäre gelöst" sagte er dann, indem er seine Hände wieder in die Hosentaschen steckte und langsam und mit sich zufrieden davonschlenderte. Wieder machten ihm die Jungen und Mädchen Platz, doch das allgemeine Gegröle hatte nicht wieder eingesetzt. Vielmehr hörte man ein leises Geflüster, und es schien, als sei Hugo auch in den Augen einiger Jungen und Mädchen dieses Mal einen Schritt zu weit gegangen.

Allerdings traute sich niemand, Marie zu helfen, und so lag diese immer noch bewegungslos auf dem Schulhof, bis sich schließlich ein Lehrer von der Pausenaufsicht näherte, dem die große Schüleransammlung aufgefallen war. Im Nu zerstreute sich die Gruppe, und Marie fing entnervt laut an zu schluchzen.

Später erinnerte sie sich nur noch, dass der Lehrer ihre Schulsachen geholt, und sie irgendwie nach Hause gebracht und sie den Rest des Tages geheult hatte.

Für die übrige Woche wurde Marie von der Schule befreit, denn sie brauchte zunächst eine neue Brille.

Abends saß die ganze Familie zusammen beim Essen, und diesmal hatte Marie dicke Augen vom vielen Heulen.

"Ich will in meine alte Schule zurück" jammerte sie und tastete unbeholfen nach dem Brotkorb.

"Dieser Junge, Hugo heißt er wohl" sagte ihr Vater, "hat einen Verweis bekommen. Und morgen früh fahre ich mit dir zum Optiker und wir bestellen eine neue Brille. Hugos Vater bekommt die Rechnung!" fügte er energisch hinzu.

"Sie werden mich nicht in Ruhe lassen" warf Marie schüchtern ein.

"Dann sagst du einfach, du holst deinen großen Bruder" lächelte Tobias, "das wird sie schon einschüchtern" und warf sich an die Brust.

"Vielleicht kannst du dir ein hübsches modernes Brillengestell aussuchen" schlug ihre Mutter vor, doch Marie schwieg nur deprimiert. Als ob ein "hübsches modernes" Brillengestell etwas an den dicken Gläsern ändern könnte!

In dieser Nacht schlief Marie unruhig. Sie träumte von einem Jungen, dessen Kopf ein richtiger Totenkopf war, und der mit dem Unterkiefer klappernd auf sie zukam. Dabei schrie er immer wieder: "Geh unter die Erde, geh unter die Erde!" und vor Marie tat sich ein großes dunkles Loch im Erdboden auf.

Nass vor Angstschweiß und mit klopfendem Herzen erwachte sie, und stellte erleichtert fest, dass sie in ihrem Zimmer im Bett lag. Es dauerte eine geraume Zeit, bis sie wieder einschlafen konnte, und am Morgen fühlte sie sich völlig erschlagen.

Dieses Mal weckte ihre Mutter sie. "Marie, dein Vater wartet schon auf dich, um eine neue Brille auszusuchen. Du mußt jetzt aufstehen." Marie hantierte wie jeden Morgen zuerst ungeschickt auf ihrem Nachttisch herum, um ihre Brille zu finden, erst dann fiel ihr plötzlich wieder ein, was am Vortag passiert war, und Übelkeit stieg in ihr hoch. Langsam stand sie auf und tastete sich ins Badezimmer.

Vor dem großen Spiegel steckte sie sich die Zunge heraus und sagte laut: "Heute brauche ich dich wenigstens nicht anzusehen, du hässliches Entlein" und rang sich sogar ein kleines Lächeln ab.

Beim Optiker war sie ganz auf die Hilfe ihres Vaters angewiesen, da sie selbst die Brillengestelle nur sehr schlecht erkennen konnte. "Und hier haben wir ein besonders modisches Gestell für junge Damen" kam der Optiker mit einem weiteren Modell aus dem Lager zu ihnen. "Es ist gerade neu eingetroffen und noch original verpackt. Außerdem ist es ein Einzelstück, warum kann ich Ihnen allerdings auch nicht sagen."

"Marie, dieses Gestell sieht wirklich toll aus!" rief ihr Vater begeistert, "diese hübschen Farben - wie ein Regenbogen, das ist etwas ganz besonderes!" "Es ist leider auch nicht ganz billig" ließ sich nun der Optiker vernehmen. "Dafür steht es ihrer Tochter aber ausgezeichnet!" fügte er etwas schleimig hinzu.

"Marie, wenn du dieses Gestell haben möchtest... an mir soll`s nicht liegen" sagte ihr Vater, der seiner Tochter eine Freude machen wollte.

"Wenn du meinst, dass es okay ist" murmelte Marie, stand auf und sagte: "Ich warte dann draußen", und verließ den Laden, sich unsicher zur Tür tastend. Draußen lehnte sie sich an den Türpfosten und versuchte mit aller Gewalt die aufsteigenden Tränen zurückzuhalten. "Was nützt mir ein teures Gestell?" dachte sie, hatte aber gleichzeitig ihrem Vater gegenüber ein schlechtes Gewissen. Ihre Eltern waren nicht reich, und die hohe Summe, die der Optiker genannt hatte, war trotz dem Zuschuss von Hugos Vater immer noch beachtlich.

Ist die Brille nicht etwas teuer?" fragte sie leise, als ihr Vater durch die Tür trat. "Einen großen Teil wird Hugos Vater ja dazugeben, er muss mindestens den Wert deiner alten Brille ersetzen" tröstete ihr Vater sie, "und den Rest werden wir einfach vom Haushaltsgeld deiner Mutter abzweigen" lachte er fröhlich. "Übrigens kann ich deine Brille schon heute abend abholen, der Optiker will sich beeilen, weil es sich um einen "Notfall" handelt" scherzte er.

Marie war gar nicht zum Lachen zumute: "muss ich dann diese Woche doch noch in die Schule zurück?" fragte sie ängstlich.

"Meinetwegen kannst du die nächsten beiden Tage noch zu Hause bleiben" räumte ihr Vater gutmütig ein, "aber du solltest es nicht zu lange hinausschieben, du musst vielleicht noch einiges nachholen!"

Marie konnte den Abend gar nicht erwarten, denn ohne Brille war sie völlig hilflos und nicht einmal in der Lage fernzusehen. Endlich hörte sie den Schlüssel ihres Vaters in der Haustür.

"Marie" rief er, "ich habe eine Überraschung für dich!" - "Du hast meine Brille mitgebracht, stimmts?" rief Marie zurück und lief ihm entgegen.

"Hier, probier mal, ob du durch diese Gläser sehen kannst" ihr Vater reichte ihr die neue Brille.

"Die neuen Gläser sind sogar einen Millimeter dünner als die alten" fügte er erklärend hinzu.

Marie setzte die Brille auf: "Sehen kann ich gut!" sagte sie erleichtert und trat neugierig vor den Spiegel im Flur. Sicher, die neuen Gläser waren auch nicht gerade dünn, aber ihre Augen wirkten nicht mehr ganz so glupschig, wie bei der alten Brille, und das Gestell war wirklich klasse.

"Danke" fiel sie ihrem Vater um den Hals. "Das Gestell ist einsame Spitze, das hast du prima ausgesucht!"

Stolz drückte ihr Vater sie an seine breite Brust. "Du wirst sehen, Schätzchen, jetzt werden sie dich auch in der Schule in Ruhe lassen!" - Doch bei dem Wort Schule schnürte sich plötzlich Maries Kehle zu, und sie ging unauffällig in ihr Zimmer, um ihren Vater nicht zu verletzen.

Zwei Tage später saß Marie wieder an ihrem Fensterplatz in der Schule und nahm am Unterricht teil. Sie wurde zwar weiterhin von den anderen Schülern geschnitten, aber bisher hatte sie niemand mehr angegriffen. Selbst Denise hatte sich zurückgehalten, als Marie morgens das Klassenzimmer betreten hatte. Trotzdem erschrak Marie, als es zur Pause schellte. Doch tapfer folgte sie den anderen auf den Schulhof hinaus und stellte sich trotzig neben ihre Klassenkameraden, um ihr Pausenbrot zu essen.

Aber nach den ersten Bissen erstarrte sie!

Von der anderen Seite des Schulhofes sah sie Hugo langsam auf sich zuschlendern. Zu seiner Verstärkung hatte er diesmal vier große, wüst wirkende Jungen an seiner Seite. Auch Denise und die anderen Mitschüler wurden auf die Gruppe Jungen aufmerksam und verstummten in ihrem Geplapper.

Marie fing an zu zittern, versuchte aber ihre Panik zu bekämpfen und blieb tapfer stehen.

Hugo kam immer näher!

Marie war kurz davor die Flucht zu ergreifen, als sie plötzlich eine eigenartige Gestalt über den Schulhof tanzen sah. Staunend starrte sie dieses "Ding" an, das scheinbar von den anderen Schülern noch nicht bemerkt worden war.

"Ja, niemand außer dir kann mich sehen!" hörte sie eine schrille Stimme, die von dem eigenartigen Wesen zu kommen schien.

"Was ist das?" fragte sie sich völlig perplex und musterte das Ding neugierig.

"Was ich bin?" ertönte erneut die Stimme. "Das wirst du schon noch herausfinden!" bekam sie als Antwort, und dann ertönte ein schrilles Gelächter.

Das Wesen befand sich jetzt zwischen Marie und Hugo, der mit seinen Freunden schon näher gekommen war, und zielstrebig auf das Mädchen zuhielt.

Marie schien es, als könne sie das unheimliche Wesen sehen, gleichzeitig aber auch durch es hindurchsehen. Das komische Ding sprang jetzt aufreizend vor Hugo hin und her, der es aber nicht zu bemerken schien, und noch immer auf sie zulief. "Ich kann deine Gedanken lesen" sprach das Ding jetzt wieder, "ja, schau mich nur an, sowas siehst du nicht alle Tage!" und dann ertönte wieder das schrille Gelächter. "Du willst wissen wer ich bin? Für dich bin ich - ein "Freund", einfach ein "Freund". Nenn mich einfach nur "Freund"!" und wieder fing es an zu lachen und tanzte vor der Gruppe Jungen hin und her.

Marie starrte immer noch gebannt auf diesen "Freund", und die anderen Schüler, die das Ding nicht sehen konnten, dachten das Mädchen würde Hugo so anstarren.

"Vielleicht möchte ich so einen "Freund" gar nicht haben!" dachte Marie, wurde aber gleich von der Stimme angezischt: "Du wirst mich noch brauchen, Mädchen! Überlege dir gut, was du sagst!" Und "Freund" tanzte immer übermütiger vor Hugo und seinen Kumpels hin und her.

Marie musterte ihren neuen "Freund" jetzt genauer. Er schien aus einem schwarzen Nebel zu bestehen und hatte lange dünne Arme und Beine, die beim Tanzen elegant hin- und herschwangen. Die Konturen der schlanken Gestalt wirkten verschwommen, und der Kopf saß rund und scheinbar locker auf einem langen Hals. Auffällig waren die leuchtend roten Augen und der große Mund, der beim Lachen riesige grellgelbe Zähne enthüllte.

Marie schloss die Augen, öffnete sie wieder und dachte: "Ich träume. Das kann doch alles nicht wahr sein!"

"Natürlich ist das alles wahr!" wurde sie sofort von "Freund" wieder in die Gegenwart geholt.

"Oder willst du meine Existenz etwa anzweifeln? Pah!" und sein Gesicht verzog sich nun zu einer hässlichen Grimasse. Marie wurde aller weiteren Gedanken enthoben, denn in diesem Moment hatten Hugo und seine Freunde sie erreicht. Großkotzig baute Hugo sich vor ihr auf!

"Na Maulwurf, hast du dich wieder in einen Frosch zurückverwandelt?" fragte er grinsend und sah erst seine Freunde und dann Marie herausfordernd an.

"Kannst wohl immer noch nicht sprechen, was? Oder kannst du vielleicht nur wie ein Frosch quaken? Quak, quak quak..."

Die anderen Jungs fielen mit ein, und wäre die Situation nicht so ernst gewesen, hätte selbst Marie über das Gequake lachen müssen. Jetzt aber wartete sie nervös, was Hugo wohl als nächstes tun würde. "Wollen wir nicht doch lieber wieder einen Maulwurf aus dir machen?" fragte er nun und streckte schon die Hand nach Maries neuer Brille aus. Doch mitten in der Bewegung hielt er plötzlich inne, als wenn ihn der Schlag getroffen hätte. Auch alle anderen Schüler standen wie versteinert, nichts regte sich, und es herrschte Totenstille. Als wenn jemand einen Film gestoppt hätte! Selbst Marie stand wie erstarrt und glaubte zu träumen.

"Träum jetzt nicht in der Gegend herum!" befahl "Freund" ihr energisch und kam zwischen Hugo und einem seiner Kumpane hervorgeschwebt. "Wir sollten dem Burschen einen Denkzettel verpassen!" beschloss er dann.

"Was für einen Denkzettel?" dachte Marie und kniff sich in den Arm, um festzustellen, ob sie wirklich wach war. "Überlass das nur mir!" antwortete "Freund" und machte sich an Hugos Kopf zu schaffen. "Fertig" sagte er dann und betrachtete zufrieden sein Werk. Dann stieß er einen schrillen Schrei aus, wobei er seine gelben Zähne bleckte, und alle schienen schlagartig aus ihrem Dornröschenschlaf zu erwachen.

Jetzt blickte jeder entsetzt auf Hugo, der seinen Arm immer noch nach Maries Brille ausgestreckt hielt, ihn dann aber sinken ließ.

"Was glotzt ihr mich so an?" schrie er los. "Stimmt irgend etwas nicht mit mir?" Aber niemand wagte einen Ton zu sagen, bis Marie krächzend flüsterte:

"Deine Ohren, oh Gott, deine Ohren!" - "Was ist mit meinen Ohren?" rief Hugo immer noch herausfordernd, aber zunehmend verunsichert. Unbeholfen griff er nach seinen Ohren und wurde blass. Niemand sagte etwas. Alle sahen nur auf Hugos Ohren, die jetzt nach hinten zeigten, als ob sie von Anfang an falsch herum gewachsen wären. Marie versuchte verzweifelt "Freund" in der Schülermenge zu entdecken, um ihn Hugos Unglück wieder rückgängig machen zu lassen. Doch dieser hatte sich scheinbar heimlich aus dem Staub gemacht.

Hugos Ohren sorgten an der ganzen Schule für Aufregung. Niemand außer Marie hatte den Stillstand der Zeit bemerkt, allen anderen erschien es, als ob Hugos Ohren von einer Sekunde zur anderen die Richtung gewechselt hätten. Hugo selbst war laut brüllend vom Schulgelände gelaufen, und bisher noch nicht wieder aufgetaucht.

Marie fragte sich den Rest des Tages, ob alles nur ein böser Traum gewesen sei, aber die ganze Situation an der Schule bewies ihr, dass das Geschehene grausame Realität war.

"Freund!" versuchte sie in Gedanken das Wesen zu rufen, doch sie bekam keine Antwort. "Freund!" rief sie ihn ein weiteres Mal. Diesmal meinte sie von weither eine schrille Stimme zu hören. Die leisen Worte "keine Zeit" waren kaum zu verstehen.

Am nächsten Tag, einem Samstag, war schulfrei, und Marie erhielt von ihrer Mutter den Auftrag im nahegelegenen Supermarkt einzukaufen. Freudig machte sie sich auf den Weg, denn als Belohnung hatte die Mutter ihr etwas zusätzliches Geld für Süßigkeiten zugesteckt.

Sorgfältig suchte sie die benötigten Waren aus den Regalen und studierte mehrmals den Einkaufszettel, um ja nichts zu vergessen. "So!" dachte sie, "jetzt noch etwas Milch und ein Stück Käse, und das war`s dann!" Auf dem Weg zur Kasse legte sie noch ein paar Tafeln Schokolade, die mit den Nüssen, die mochte sie am liebsten, in den Einkaufswagen, dann stellte sie sich in die lange Warteschlange.

Als die Kassiererin die Summe der eingetippten Waren von ihr forderte, stutzte Marie einen Moment. Der Betrag war erheblich höher, als sie gedacht hatte. Doch in Anbetracht der vielen Kunden, die hinter ihr warteten, zog sie das Portemonnaie aus der Jackentasche und nahm einige Geldscheine heraus. Als Marie der Kassiererin das Geld reichen wollte, saß diese regungslos hinter ihrer Kasse und starrte das Mädchen mit offenem Mund an.

Und dann fiel Marie die unheimliche Stille auf, die auf einmal im Supermarkt herrschte. Kein Laut war *zu hören! Selbst aus den Lautsprechern an der Decke ertönte plötzlich keine Musik mehr. Erstaunt drehte sie sich um und bemerkte, dass alle Menschen im Supermarkt reglos dastanden, geradezu wie am Tag vorher die Schüler auf dem Pausenhof.*

"Ja, Herzchen, damit hast du wohl nicht gerechnet?" hörte sie da die schrille Stimme von "Freund". Suchend blickte Marie sich um. "Hier bin ich!" ertönte es jetzt schon lauter, und dann schwebte "Freund" hinter einem Betonpfeiler hervor.

"Nicht schon wieder!" dachte Marie erschrocken, "das darf einfach nicht wahr sein!"

"Natürlich ist es war!" grinste "Freund" und zeigte seine gelben Zähne. "Was willst du?" fragte Marie, "lass mich in Ruhe, du hast schon genug angerichtet! Hilf lieber dem armen Hugo!"

"Dem armen Hugo!" äffte das Wesen kreischend Maries Stimme nach.

"Dem armen Hugo? Du Herzchen warst doch in Schwierigkeiten! Du Herzchen bist doch schon wieder in Schwierigkeiten! Ich helfe dir, und aus Dankbarkeit beschimpfst du mich!" und "Freund" tanzte aufgebracht auf dem Laufband neben der Kasse hin und her.

"Ich bin nicht in Schwierigkeiten!" rief Marie diesmal laut, und jetzt war sie wirklich wütend. "Aber

natürlich, mein Herzchen" säuselte "Freund" und kam etwas näher. "Hast du wirklich nicht bemerkt, dass dich diese feine Dame" und dabei zog er der Kassiererin ruffig an ihrer Nase "über den Tisch ziehen wollte?" Marie schluckte. "Diese feine Dame hat nämlich einige Waren doppelt eingetippt!" fuhr "Freund" jetzt mit empörter Stimme fort. "Und dafür" er beugte sich nun über die Kassiererin und sah ihr tief in ihre weit offen stehenden Augen "werden wir sie bestrafen, nicht wahr?" beschloss er, beugte sich tiefer über den Oberkörper der Frau und machte sich dort zu schaffen. "So!" sagte er dann befriedigt. "Jetzt hat sie Buckel, damit kann sie öffentlich betteln gehen, und braucht kleine Mädchen nicht mehr zu betrügen!"

Stolz sah er sich sein Werk an. "Du könntest mich ruhig einmal loben!" mahnte er Marie mit einem schiefen Seitenblick, dann sah er wieder zufrieden lächend auf sein Opfer herab.

"Was hast du getan?" fragte Marie mit tonloser Stimme und blickte auf die Kassiererin, deren Brüste jetzt wie zwei Buckel auf dem Rücken wuchsen.

"Woher kommst du überhaupt, was willst du von mir, und wer hat dich gerufen?" fragte Marie jetzt empört "Freund", der immer noch um die arme Frau herumschwebte.

"Das sind zu viele Fragen auf einmal, aber eine werde ich dir beantworten" erwiderte "Freund". "Ich komme aus deiner Brille und entspringe deiner eigenen Fantasie" klärte er Marie auf. "So, jetzt weißt du genug!"
"Wie kann ich Hugo und dieser armen Frau helfen?" fragte das Mädchen, während ihm Tränen über die Wangen rollten. "Das musst du selber herausfinden!" antwortete "Freund" geheimnisvoll. "Ich muss jetzt gehen, aber vorher habe ich noch eine Kleinigkeit zu erledigen" sagte das Wesen, warf den Kopf in den Nacken und stieß einen schrillen Schrei aus.
In diesem Moment erwachte alles wieder zum Leben, und die Kassiererin hielt immer noch die Hand in Maries Richtung. Das Mädchen bezahlte und hastete aus dem Supermarkt, und noch in der Tür hörte sie den spitzen Schrei der Kassiererin, der erst jetzt scheinbar das Fehlen von einem gewissen etwas über ihrem Bauchansatz aufgefallen war.

Marie hastete nach Hause, stellte die Einkäufe auf den Küchentisch und lief die Treppe hinauf in ihr Zimmer. Dort schmiss sie sich weinend aufs Bett. Was konnte sie tun? Wie konnte sie diesen ekelhaften "Freund" wieder aus ihrem Leben verbannen, und vor allem: Wie konnte sie Hugo und der Kassiererin helfen?

Auch den Rest des Tages verbrachte sie grübelnd, aber eine Lösung fiel ihr nicht ein.

Abends fiel das Mädchen in einen traumlosen Schlaf, aus dem es mitten in der Nacht plötzlich erwachte. "Er kommt aus der Brille, und er entspringt meiner eigenen Fantasie" überlegte sie. "Was immer das auch heißen mag!"
Marie saß jetzt aufrecht im Bett und dachte angestrengt nach. Plötzlich durchzuckte sie ein Gedanke: "Es gibt nur eine Möglichkeit! Ich muss einen neuen Freund finden, und "ihn" damit aus meinen Gedanken verbannen!"
Entspannt legte sie sich wieder hin und fiel bald darauf erneut in tiefen Schlaf. Die Stimme, die leise drohend zischte: "Das wird dir nicht gelingen!" hörte sie schon nicht mehr.

In der kommenden Woche wurde Hugo von niemandem in der Schule erwähnt, selbst die Schüler taten so, als sei in der vergangenen Woche nichts Außergewöhnliches vorgefallen. Allerdings wurde Hugo nirgends gesehen, es schien sich auch einfach keiner mehr für ihn zu interessieren.
Marie konzentrierte sich eifrig auf den Unterricht, versuchte aber nebenbei sich mit einigen ihrer Klassenkameraden anzufreunden.

*An "Freund" verschwendete sie keinen Gedanken
mehr. Vielmehr redete sie sich ein, sogar Denise als
Freundin gewinnen zu können.*

*Und eines Tages bekam sie tatsächlich eine
Einladung zur Geburtstagsparty von ihrer
ehemaligen "Feindin" und sagte begeistert zu.
Endlich respektierten die anderen Schüler sie, so
wie sie war! Maries hilfsbereite und stille Art hatte
sich also doch bewährt.*

*Zwei Tage nach der Geburtstagsparty erschien
Hugo plötzlich erneut in der Schule. Und eigenartigerweise saßen seine Ohren wieder richtig
herum am Kopf! Das Seltsamste aber war, niemand
erwähnte jemals das Fehlen, oder gar den Grund
der Abwesenheit von Hugo, und er selbst tat, als sei
ihm nie etwas zugestoßen.*

*Als Marie einige Zeit später mit ihrem Bruder Tobias
im Supermarkt einkaufen ging, sah sie erleichtert,
dass die Kassiererin wieder völlig hergestellt war
und wie früher an ihrer Kasse saß.*

*"Warum starrst du die Frau so an?" fragte Tobias
seine Schwester, aber Marie lächelte nur und
erwiderte: "Ich glaube, ich habe sie schon früher
hier gesehen!"*

?!?!?!?!?!?!?!?!?!?!

Tanz der Schatten

An diesem Nachmittag hatte Daniel -genannt Stan-Langeweile und beschloss sich die Zeit am Bach zu vertreiben. Hier hatte er schon viele Stunden zugebracht, kleine Steine ins Wasser geworfen, Dämme gebaut, oder einfach nur die Tiere beobachtet. Einmal konnte er sogar einem Specht zuschauen, der eifrig klopfend versuchte Maden unter der Baumrinde hervorzulocken. Selbst Eichhörnchen gaben sich hier öfter ein Stelldichein, sowie viele kleine Singvögel.

Auch heute setzte sich Stan in das weiche Moos und hing seinen Gedanken nach, als auf einmal wieder ein Eichhörnchen am Ufer erschien. Als es den Jungen erblickte, lief es ein Stück weit fort, blieb dann aber still sitzen, als wollte es sagen: "Komm Stan, folge mir!" Der Junge erhob sich langsam und ging auf das Tier zu. Dieses führte das seltsame Spiel fort und lockte ihn immer weiter vom Bach weg in das kleine Birkenwäldchen hinein.

Plötzlich war das Eichhörnchen verschwunden und Stan sah sich suchend um. Da bemerkte er, dass er direkt neben einem zwischen den Bäumen versteckten alten Holzhaus stand, von dem sämtliche Farbe abgeblättert war. Die Fensterläden, die einmal grün gewesen waren, hingen schief in den Angeln, und der kleine Garten neben dem Eingang war verwildert.

Stan hatte schon viel von diesem Haus und seiner Bewohnerin gehört. Die Leute im Dorf erzählten, sie sei eine alte Hexe und nicht richtig im Kopf. Solange man denken konnte, wohnte die alte Frau in diesem Häuschen. Ihre Lebensmittel ließ sie einmal in der Woche bringen, und außer dem Lieferanten hatte sie seit Jahren niemand mehr zu Gesicht bekommen.

Stan glaubte nicht an Hexen, hatte sich aber trotzdem, dem Rat seiner Eltern folgend, bisher immer von diesem Platz fern gehalten. Doch jetzt, da er sowieso schon einmal hier war, nutzte er die Gelegenheit, um das Haus näher zu betrachten. Neugierig näherte er sich einem kleinen Fenster um einen Blick in das Innere zu riskieren, als er plötzlich zusammenzuckte. Irgend etwas war hinter ihm! Er drehte sich langsam um und stand einer kleinen zierlichen Greisin mit schlohweißem Haar gegenüber.

"Möchtest du dir das Haus einmal ansehen, mein Junge?" fragte die Alte freundlich und ging auf die Eingangstür zu. "Komm schon!" kommandierte sie mit ihrer hohen Greisenstimme und ging voran. Stan folgte ihr zögernd. Einesteils hatte er nicht vorgehabt das Haus zu betreten, andererseits zog ihn etwas Unerklärliches dort hinein. Langsam setzte er erst den einen, dann den anderen Fuß über die Schwelle und blieb dann stehen.

"Komm schon, komm!" lockte die Alte und deutete auf einen kleinen Sessel neben dem Kamin. "Setz dich nur" fuhr sie fort, "dann kannst du dir alles in Ruhe ansehen!"

Stan nahm vorsichtig Platz und ließ seine Blicke im Zimmer schweifen. Der Raum war spärlich eingerichtet, neben dem Fenster stand ein kleiner Tisch mit einem Stuhl, und ihm gegenüber befand sich eine zierliche Anrichte mit Butzenscheiben.

Die Alte hatte sich in einen zweiten Sessel neben den Jungen gesetzt und starrte gedankenverloren in das Kaminfeuer. Einen Moment lang herrschte Totenstille und Stan wagte nicht sich zu rühren.

"Ich weiß, was die Leute über mich denken und reden!" sagte die Frau plötzlich und seufzte laut. Der Junge schwieg. "Niemand traut sich hierher, denn alle halten mich für eine Hexe!" fuhr sie fort.

"Du auch?" fragte sie jetzt herausfordernd und ihre hohe Stimme klang vor Aufregung ganz schrill. "Natürlich nicht!" beeilte sich Stan zu sagen und kauerte angespannt auf der Kante des kleinen

Sessels. "Warum bist du hierher gekommen?" - "Ich weiß auch nicht" der Junge zögerte. "Es schien, als hätte mich ein Eichhörnchen zu Ihrem Haus gelockt" gab er schüchtern zu. "Ja, ja, die Tiere sind meine Freunde!" sagte die Alte und lächelte. Das Lächeln gab ihrem runzeligen Gesicht einen herzlichen Ausdruck, der durch das Licht des Feuers noch verstärkt wurde.

"Wie heißt du mein Sohn?" fragte sie dann neugierig. "Daniel, aber alle nennen mich Stan" antwortete der Junge leise. "Stan, so so, Stan heißt du also. Hast du keine Angst vor mir Stan?" - "Nein, ich glaube nicht, dass ich Angst vor Ihnen habe" antwortete der Junge wahrheitsgemäß.

Inzwischen begann die alte Frau ihm leidzutun, wie sie so klein und zierlich in ihrem Sessel saß. Sie schien sich genauso unsicher zu fühlen wie er selbst, denn ihre Stimme zitterte leicht. "Vielleicht sollte ich endlich jemandem meine Geschichte erzählen" murmelte sie nun leise, "vielleicht ist es ein Wink des Schicksals, dass du gekommen bist!"

"Ich würde Ihre Geschichte gerne hören!" sagte Stan forsch und war selbst darüber erstaunt.

"Wenn das so ist, dann will ich dir erklären, warum ich so alleine mitten im Wald lebe. Wenn die Leute im Dorf mehr über mich wüssten, dann würden sie mich vielleicht auch besser verstehen!" Die alte Frau

schluckte und hing einen Augenblick ihren Erinnerungen nach. Dann fing sie an zu erzählen:

"Vor vielen vielen Jahren kam ein kleiner Wanderzirkus in unser Dorf. Wie alle anderen Kinder war auch ich aufgeregt und betrachtete schon Tage vorher immer und immer wieder die überall angeklebten Plakate.
"Wir bieten Attraktionen für jung und alt!" stand mit großen Buchstaben darauf, und ein lustiger Clown, der mit bunten Reifen jonglierte vollendete das Bild. Zuhause hatte ich schon meine Spardose geplündert und jeden Pfennig zusammengesucht, um mir dieses Ereignis nicht entgehen zu lassen. Auch meine Freundinnen hatten seit Tagen nur noch ein Gesprächsthema und jede versuchte sich irgendwoher das Eintrittsgeld zu verschaffen. Meine Eltern, die nicht viel von dem herumziehenden Volk hielten, belächelten meinen Eifer, entschieden aber, ihrer einzigen Tochter dieses Vergnügen nicht zu verbieten, denn "alle" Kinder aus meiner Schule durften schließlich die Vorstellung besuchen, das hatte ich ihnen jedenfalls weisgemacht!
Schon als der Zirkus unseren kleinen Ort erreichte, war bereits die ganze Dorfjugend versammelt, um das weitere Geschehen nicht zu versäumen. Fünf

kleine Zirkuswagen erreichten gerade den Marktplatz und bildeten einen Kreis. Sie wurden von scheckigen Pferdchen gezogen, die nun geduldig darauf warteten, von ihrer Last befreit zu werden. Jetzt öffneten sich die Türen der Wagen, und mehrere bunt gekleidete Menschen stiegen aus und machten sich umgehend an die Arbeit das Zelt aufzubauen.

Wir Kinder hatten uns vorsichtshalber etwas zurückgezogen, denn fremde Leute waren in unserem Dorf selten, und wir waren Fremden gegenüber zuerst immer etwas scheu."

Die alte Frau räusperte sich und legte ein Stück Holz im Kamin nach. Stan lauschte gespannt ihrer Geschichte und wartete ungeduldig darauf, dass sie weitersprach.

"Ein kleiner untersetzter Mann mit einer Glatze schleppte nun rot angestrichene Holzbretter heran und begann sie zu Sitzbänken zusammenzubauen. Sein bunt gemustertes Hemd flatterte im Wind, und die schmuddelige rote Hose hatte sicherlich auch schon bessere Zeiten gesehen" fuhr die Greisin fort. "Aus einem anderen Wagen kletterte nun eine Frau mittleren Alters, deren langes dunkles Haar bereits von grauen Strähnen durchzogen war. Sie raffte ihren farbig gestreiften bauschigen Rock , der mit vielen Volants verziert war, und fing an mehrere Eisenstangen kreisförmig auf dem Platz zu verteilen. Inzwischen hatten sich noch drei weitere Frauen und vier Männer dazugesellt, um ihr zu helfen. Alle trugen bunte, etwas außergewöhnliche Kleidung, von denen viele Teile gewiss selbst gefertigt waren. Mehrere Kinder hatten sich ebenfalls eingefunden, sie wirkten ärmlich und tobten zwischen den arbeitenden Erwachsenen umher.

Wir, das heißt die Dorfjugend, standen nun schon eine geschlagene Stunde im kalten Wind, um ja nichts zu verpassen, und einige von uns waren bereits nach Hause zurückgekehrt. Als die Kirchturmuhr zwölf mal schlug, wollte auch ich schnell nach Hause laufen, da sah ich ihn!

Aus dem fünften Wagen kletterte jetzt ein junger Mann, der mich sofort faszinierte. Er war schlank und hochgewachsen, vielleicht neunzehn Jahre alt. Seine dunklen, fast schwarzen Haare waren kurz geschoren, und sein Gesicht ebenmäßig. Ich konnte meinen Blick nicht mehr von ihm lösen und hatte alle guten Vorsätze vergessen, pünktlich zum Mittagstisch zu Hause zu erscheinen!

*"Ob er wohl schon ein Mädchen hat?" fragte ich
mich aufgeregt, und hielt nach einer jungen Frau
Ausschau , die zu ihm gehören könnte . Natürlich
war es unmöglich in dem Durcheinander, das auf
dem Marktplatz herrschte, etwas dergleichen zu
entdecken und ich entschied insgeheim: "Er hat
bestimmt keine Freundin, die anderen gehören
sicher alle zur Familie!" Wieder betrachtete ich den
Jungen verträumt, der inzwischen die riesige
Zeltplane auseinanderfaltete. Und plötzlich schien
es, als bemerke er meinen Blick, denn er sah genau
zu mir herüber. Dann hatte ich den Eindruck, als
lächelte er mir zu, bevor er sich wieder an der Plane
zu schaffen machte.
Und dann schlug die Kirchturmuhr ein mal. Ich
rannte so schnell ich konnte nach Hause, dort
würde mich sowieso ein Donnerwetter erwarten,
vielleicht verbot man mir ja nun sogar den offiziellen
Zirkusbesuch. Doch erstaunlicherweise blieben die
Vorwürfe aus, denn meine Tante Anna war zu
Besuch gekommen und meine Eltern hatten sich
wohl entschlossen, Tante Anna eine Familienszene
zu ersparen. Schweigend verzehrten wir unser
Mittagessen, und als meine Eltern und Tante Anna
sich danach zu einem Gespräch unter Erwachsenen
zurückzogen, nutzte ich die Gelegenheit und eilte
wieder hinaus auf den Marktplatz.*

Dort hatte sich in der Zwischenzeit viel getan, das Zelt stand, wenn auch noch etwas wackelig, und die Zirkusleute schienen eine Pause einzulegen. Weil von meinen Freunden niemand mehr da war, beschloss ich allein ein wenig hinter die Kulissen zu schauen.

Neugierig bückte ich mich, um durch einen Ritz in der Plane in das Innere des Zeltes blicken zu können, als mich jemand von hinten anstupste. Erschrocken fuhr ich herum und ... stand meinem Schwarm vom Vormittag genau gegenüber. Ein wenig musste ich hochblicken, denn er war wohl einen guten Kopf größer als ich. Schüchtern senkte ich dann den Blick, bevor ich erneut zu ihm aufsah. Als erstes fielen mir seine großen dunklen Augen auf, die mich erstaunt musterten.

"Was macht denn ein kleines Mädchen wie du hier so alleine?" fragte er schmunzelnd, um mich etwas zu provozieren.

"Ich bin vierzehn Jahre alt" bemerkte ich trotzig und blickte wieder zu Boden.

"Aha, eine kleine Dame also?" grinste er und fuhr fort: " Es tut mir leid, ich wollte dich nicht verärgern. Aber mit den Zöpfen wirkst du eben wie ein kleines Mädchen auf mich. Komm, ich zeige dir das Zelt von innen" bot er sich dann an, nahm meine Hand und zog mich einfach hinter sich her.

"Wir sind noch nicht ganz fertig, aber heute abend findet ja schon die erste Vorstellung statt, und es wird Zeit! Das dort drüben ist meine Mutter" zeigte er auf die Frau mit den graumelierten Haaren, die mir schon am Vormittag aufgefallen war.

Der kleine Mann mit der Glatze war sein Vater, und dann gehörten noch Cousins und Cousinen mit zur reisenden Truppe.

"Wer von euch ist der Clown?" stellte ich ihm die Frage, die mir schon lange auf der Zunge brannte. "Als Clown arbeitet mein Vater" antwortete er, "bist du jetzt enttäuscht?" - "Nein, gar nicht. Aber was machst du?" fragte ich zurück. "Ich dressiere die Pferde und trete mit ihnen auf."

Er schwieg einen Moment. Dann sagte er leise: "Verrätst du mir deinen Namen, "kleines" unbekanntes Mädchen?" Ich boxte ihm lachend in die Seite und fragte dann: "Nennst du mich nie wieder kleines Mädchen, wenn du meinen Namen kennst?" - "Versprochen!" antwortete er todernst und hielt mir die rechte Hand hin: "Mario!" stellte er sich vor. "Angenehm, Lisa!" gab ich ihm meine und schüttelte mich vor Lachen.

"Also Lisa, da ich nun deinen Namen kenne, erlaube ich mir dich heute abend in die erste Vorstellung einzuladen!" Mario verbeugte sich mit einem Lächeln auf dem Gesicht. Ich bedankte

mich, und versprach abends pünktlich zu erscheinen. Dann machte ich auf dem Absatz kehrt und lief nach Hause zurück. Den Rest des Tages spukte mir Marios Gesicht im Kopf herum, und ich befürchtete langsam, ich hätte mich zum ersten Mal in meinem Leben verliebt.
Aufgeregt durchstöberte ich den Kleiderschrank und probierte mehrere Sachen an. Schließlich entschied ich mich für ein kornblumenblaues Baumwollkleid mit einem großen weißen Kragen. Das Blau ließe meine Augen besonders gut zur Geltung kommen betonte mein Vater jedesmal stolz, wenn ich dieses Kleid trug.
Fast hätte ich die Zöpfe vergessen! Flink löste ich die Bänder, mit denen sie zusammengehalten wurden und begann mein blondes Haar so lange zu bürsten, bis es glänzte. "So, jetzt noch die weißen Lackschuhe und Lisa kann sich wirklich sehen lassen!" dachte ich stolz. Hoffentlich empfand Mario das genauso!

Aufgeregt und fast eine halbe Stunde zu früh verabschiedete ich mich von meinen Eltern mit dem Versprechen, nach der Vorstellung sofort nach Hause zu kommen. Dann lief ich, so schnell es die Lackschuhe erlaubten, zurück zum Zirkuszelt, wo sich auch meine ganzen Schulfreunde heute abend treffen wollten. Natürlich war außer mir noch niemand da, denn es war gerade halb sieben, und die Vorstellung sollte erst um sieben Uhr beginnen. Verlegen näherte ich mich dem Zelteingang und trat von einem Bein auf das andere, als plötzlich eine freundliche Stimme hinter mir ertönte: "Hallo Lady, darf ich sie auf ihren Ehrenplatz geleiten?" Ich drehte mich erschrocken um. Fast hätte ich ihn nicht erkannt in dem eleganten Frack, auf dem Kopf einen vornehmen schwarzen Zylinder mit einer weißen Papierblume geschmückt.

"Komm!" sagte er sanft, griff meine Hand und führte mich in das Zelt, wo eine rege Betriebsamkeit herrschte. Alle Zirkusleute hatten bereits ihre Kostüme angelegt und waren nicht wiederzuerkennen. Mario führte mich zu einem Platz in der ersten Reihe, dann sagte er: "Ich muß dich jetzt alleine lassen, aber wir sehen uns nach der Vorstellung wieder!" und verschwand. Aufmerksam sah ich den Artisten bei ihren letzten Vorbereitungen zu, als die ersten Zuschauer eintrafen. Nun war das Zelt von aufgeregtem Geplapper und Getuschel erfüllt, und die Manege war plötzlich wie leergefegt. Immer mehr Leute nahmen auf den einfachen Holzbänken platz, der Zirkus schien an diesem Abend restlos ausverkauft zu sein.

Und dann begann die Vorstellung. Als erstes erschien ein Jongleur, der das Publikum mit seiner Geschicklichkeit verzauberte. Dann folgten drei Artisten, die auf dem Drahtseil ihre Kunststücke vorführten, gefolgt von dem Clown, der auch auf den Plakaten abgedruckt war.

Es schien mir unvorstellbar, dass der kleine untersetzte Mann, den ich am Vormittag auf dem Marktplatz gesehen hatte, und der Clown ein und dieselbe Person waren. Er brachte die Zuschauer mit seiner drolligen Art dermaßen zum Lachen, dass selbst mir nach kurzer Zeit Tränen über die Wangen liefen. Als der Clown seine Nummer beendet hatte, blieb kaum Zeit zum Lufholen, denn nun trat Mario mit vier auf Hochglanz gestriegelten Pferden in die Manege. Die Tiere trugen weißes Zaumzeug und bunte Federbüschel auf dem Kopf, und niemand konnte erkennen, dass sie noch vor wenigen Stunden die schweren Zirkuswagen gezogen hatten. Fast mit Besitzerstolz verfolgte ich jede von Marios Bewegungen, hielt die Luft an, wenn die Pferde scheinbar überlegten, seinen Befehlen zu gehorchen, und schrie verzückt auf, als eines der Pferde auf den Hinterbeinen quer durch die Manege stakste. Meine Wangen glühten, denn auch der Rest der Darbietungen entführte mich in eine Traumwelt, die mich alles andere vergessen ließ. Erst als die

Vorstellung beendet war, und die Zuschauer reihenweise das Zirkuszelt verließen, kam ich wieder zu mir.

Noch etwas benommen trat ich ins Freie, wo ich bereits von Mario erwartet wurde. "Gehen wir ein Stück spazieren?" fragte er, "ich ziehe mich vorher nur schnell um." - "Es tut mir leid, aber meine Eltern erwarten mich um zehn Uhr zu Hause. Ich muss gehen, sonst bekomme ich Ärger!" erwiderte ich traurig. "Na ja" meinte Mario, "vielleicht können wir uns morgen nachmittag treffen, bis zur Abendvorstellung habe ich zwei Stunden frei!" schlug er vor. Freudig stimmte ich zu und tanzte mehr nach Hause, als dass ich lief. In Gedanken war ich schon beim nächsten Tag und lief mit Mario durch das kleine Birkenwäldchen unten am Fluss. "Deinen strahlenden Augen nach zu urteilen hattest du einen schönen Abend" empfingen mich meine Eltern, doch ich lächelte nur und verschwand gleich darauf in meinem Zimmer.

Am nächsten Tag, und auch an den folgenden Tagen traf ich mich mit Mario heimlich hinter unserem Haus. Von Mal zu Mal verliebten wir uns mehr ineinander und vergaßen alles um uns herum. Manchmal saßen wir stundenlang am Bach und beobachteten die Tiere, und manchmal gingen wir im Birkenwäldchen spazieren.

Doch eines Tages war Marios Gesicht verschlossen als er kam und seine Augen blickten traurig. "Was hast du denn?" erkundigte ich mich mitleidig. "Wir ziehen morgen früh weiter!" brach es aus ihm heraus, und verstohlen wischte er eine Träne mit dem karierten Hemdsärmel fort. "Morgen schon?" hauchte ich und schluckte. "Was wird dann aus uns?" fragte ich schluchzend. Mario nahm mich liebevoll in den Arm. "Warte auf mich, ich werde zurückkommen" flüsterte er in mein Ohr. "Kannst du deine Eltern nicht bitten, noch einige Tage in unserem Dorf zu bleiben?" fragte ich hoffnungsvoll. "Sie hätten kein Verständnis für uns" antwortete Mario. "Sie sind der Meinung, wir Zirkusleute sollten unter uns bleiben!" - "Hast du ihnen denn von uns erzählt?" fragte ich wieder. "Das hätte keinen Sinn!" betonte er und sah bedrückt auf den kleinen Bach, an dessen Ufer wir inzwischen angelangt waren. "Ich werde bestimmt wiederkommen Lisa, ich schwöre es dir!" wiederholte er, "Warte auf mich!" "Ich werde warten!" versprach ich sofort und ahnte damals nicht, dass ich mein Versprechen niemals vergessen sollte.

Dieses war unser letztes Zusammentreffen, und am nächsten Morgen packten die Zirkusleute ihre Habseligkeiten zusammen und zogen weiter, niemand wusste wohin.

Seit diesem Tag habe ich gewartet!" murmelte die
alte Frau und sah gedankenverloren aus dem
Fenster. Sie drehte Stan ihren Kopf wieder zu und
fuhr fort: *"Nicht dass ich keinen anderen Mann im
Laufe meines Lebens angesehen hätte, oh nein, das
ist es nicht! Aber keiner der mir über den Weg
gelaufen ist, war annähernd mit Mario zu
vergleichen."*
Einen Moment herrschte Stille. Dann sagte Stan: *"Ich
glaube, ich gehe jetzt besser nach Hause, meine
Eltern machen sich bestimmt schon Sorgen"* und
erhob sich. *"Es tut mir leid!"* fügte er im Hinausgehen
hinzu und schämte sich, dem Gerede der Leute im
Dorf Glauben geschenkt zu haben. Gedankenverloren ging er den Weg hinunter, der zu seinem
Elternhaus führte. *"Eigentlich ist die komische Alte
doch ganz nett"* dachte er bei sich und nahm sich
vor, die alte Dame von nun an öfter zu besuchen.
Als Stan am nächsten Tag aus der Schule kam,
führte ihn sein Weg wie jeden Tag auch am
Marktplatz des Dorfes vorbei. Seine Absätze
klapperten auf dem alten Kopfsteinpflaster, und er
dachte an das junge Mädchen, das vor vielen
Jahren in einem blauen Kleid mit großem weißem
Kragen und weißen Lackschuhen über eben dieses
Kopfsteinpflaster gelaufen war.

Konnte ein Mensch sein Leben lang auf etwas warten? Scheinbar ja !" Und während Stan diese Gedanken durch den Kopf gingen, hörte er auf einmal leises Pferdegetrappel, das immer lauter wurde. Neugierig blieb er stehen und blickte sich um. Aus einer Seitenstraße schoben sich fünf alte Zirkuswagen hervor, die von Pferden gezogen wurden. Die Wagen fuhren bis auf den Marktplatz und bildeten einen Kreis. Die Pferde schnaubten und traten ungeduldig auf der Stelle, sie hatten sicherlich Durst von der Anstrengung.

Stan traute seinen Augen nicht, als jetzt ein kleiner untersetzter Mann mit einem bunten Hemd und schmuddeliger Hose rot angestrichene Holzbretter auslud.

Verunsichert schaute er sich um, doch die übrigen Passanten schienen den Zirkus gar nicht wahrzunehmen.

Als auch noch eine Frau mit langem grau-braunem Haar Eisenstangen auf dem Platz verteilte, nahm der Junge die Beine in die Hand und rannte nach Hause. "Ich werde verrückt" dachte er, "die Alte hat mich verhext!" Völlig durcheinander stürzte er, zuhause angekommen in sein Zimmer und warf sich aufs Bett. Was war passiert? War er am Ende wirklich kurz davor durchzudrehen? Unruhig wälzte er sich auf dem Bett hin und her, und schließlich kam er zu dem Entschluß sich getäuscht zu haben. "Die Alte hat mir den Kopf verdreht!" dachte der Junge verwirrt und entschied, am Nachmittag nochmals auf den Marktplatz zu gehen. "Man muss sich jedem Problem stellen!" hatte sein Vater einmal gesagt, und Stan hatte jetzt ein Problem!

Am späten Nachmittag machte er sich erneut auf den Weg, um sich zu vergewissern, dass seine Eindrücke am Mittag nur Einbildung gewesen waren. Selbstsicher betrat er den Marktplatz erneut und...stockte! Mitten auf dem Platz stand nun ein kleines Zelt mit einer abgewetzten Plane, und rings um das Zelt waren Plakate angebracht, auf denen ein bunter Clown zu sehen war, der mit Reifen jonglierte. Stan schloss die Augen für einen Moment und öffnete sie dann erneut. Er schluckte. Das Zelt war immer noch da, und er glaubte sogar eine leise Musik zu hören, die aus dem Inneren zu kommen schien.

Um diese Zeit war der Marktplatz des Dorfes fast ausgestorben, nur ein älteres Ehepaar spazierte an den dekorierten Schaufenstern entlang. Auch sie schienen den Zirkus nicht zu bemerken, angeregt erklärte die Dame gerade: "Liebling, laß uns bei Meyers eine Kleinigkeit essen!" und zeigte auf die gegenüberliegende Seite des Platzes. Das Restaurant Meyer befand sich von ihrem Standort aus direkt hinter dem Zirkuszelt. Stan hielt die Luft an. Er begann wirklich langsam an seinem eigenen Verstand zu zweifeln, als er bemerkte, dass das Ehepaar nun den Marktplatz überquerte und mitten durch das Zelt hindurchging, als sei es gar nicht vorhanden. Völlig verunsichert näherte er sich dem Zirkus langsam und vernahm voller Staunen, dass die Musik, die aus dem Zelt drang, lauter wurde. Vorsichtig strich er über die alte Plane und fühlte die Kühle des Stoffes unter seiner Hand. Nun ging er um das Zelt herum, bis er den Eingang erreichte. Die Musik war jetzt deutlich zu hören. Einen Moment zögerte er noch, dann trat er hinein und sah in die Manege.

Mitten im Zelt tanzte ein kleiner untersetzter Clown mit einer Glatze, der fröhlich bunte Holzreifen in die Luft warf. Ein Jongleur vollführte wahre Kunststücke mit bunten Keulen, und mehrere Pferde, die mit weißem Zaumzeug und bunten Federbüscheln geschmückt waren, liefen aufgeregt im Kreis. Zwei junge Frauen mit glitzernden Anzügen schwangen auf einer großen Schaukel direkt unter der Zirkuskuppel hin und her, und andere Artisten tanzten in ihren bunten Kostümen lustig im Kreis. Etwas abseits zog ein Pärchen Stans Aufmerksamkeit auf sich. Ein hochaufgeschossener junger

Mann in einem edlen Frack, mit einem schwarzen Zylinder auf dem Kopf, an dem eine weiße Papierblume befestigt war, und der eine Peitsche in der Hand hielt, und ein junges Mädchen mit langem blonden Haar in einem kornblumenblauen Kleid mit einem großen weißen Kragen, das weiße Lackschuhe trug. Die beiden schwebten durch die Manege, und ihre Blicke waren einander zugewandt. Auf dem Gesicht des Mädchens lag ein weicher glücklicher Schimmer, während der junge Mann eher ernst blickte.

Stan konnte sich lange nicht von diesem Anblick losreißen. Gebannt schaute er immer und immer wieder zu dem anscheinend sehr verliebten Pärchen hinüber. Dann schloss er für einen Moment die Augen, um sicherzugehen, dass er, Stan, es war, der dieses alles durchlebte.

Als er die Augen wieder öffnete, stand er plötzlich allein und verloren mitten auf dem Dorfplatz. Der Zirkus war verschwunden, und ein kühler Wind hatte sich aufgemacht. Stan fröstelte auf einmal. Inzwischen war es dunkel geworden. Ein Blick auf die alte Kirchturmuhr bestätigte seine Vermutung. Es war etwa 22 Uhr, Ende der Vorstellung, wie er von der Alten erfahren hatte. Alles passte irgendwie zusammen, und irgendwie auch wieder nicht.

Nachdenklich machte er sich auf den Weg nach Hause.

Am nächsten Tag, nach der Schule konnte Stan nicht widerstehen und ging den Weg zu dem alten Holzhaus im Birkenwäldchen. Als er anklopfte meldete sich niemand, aber die Tür war nicht verschlossen. Schüchtern trat er ein und ließ die Tür hinter sich offen, um besser sehen zu können. "Hallo, ist jemand hier?" rief er laut, aber er bekam keine Antwort. Obwohl der Junge insgeheim wusste, dass die alte Frau niemals wiederkehren würde, vergewisserte er sich dennoch, dass das alte Haus verlassen war, ehe er die Tür leise hinter sich schloss und den Heimweg antrat.

?!?!?!?!?!?!?!?!?!?!

Das Loch

Ich war mit einem alten Jeep, den ich mir von meinem Freund Elmar geliehen hatte, unterwegs in den Süden. Der grüne Geländewagen war voll beladen, im Kofferraum befanden sich meine gesamten Ausrüstungsgegenstände, und auf dem Rücksitz hatte ich Taschen und Koffer mit allen erdenklichen Gebrauchsgegenständen gestapelt. Obenauf lag meine heißgeliebte rote Allwetterjacke, an der noch die Spuren meiner letzten Exkursion zu erkennen waren.

Im Radio spielten sie Country Musik, und fröhlich pfeifend holte ich gutgelaunt das Letzte aus dem alten Jeep heraus. Provozierend trat ich das quietschende Gaspedal ganz durch, und stöhnend und knatschend kletterte der Wagen den Berg hinauf.

Es ging auf Mittag zu, und die kühle Morgenluft war einer fast schwülen Mittagshitze gewichen. Kleine Schweißtröpfchen standen auf meiner Stirn, und längst hatte ich den dicken grauen Pullover ausgezogen und saß jetzt im T-shirt hinter dem Lenkrad. "Los, mein Alter!" tröstete ich den Jeep und schlug aufmunternd auf das braune abgegriffene Lenkrad. "Das meiste hast du geschafft, halt durch!" Und als ob der Wagen meine Worte verstanden hätte schien es, als würde er sich nun etwas schneller den Berg heraufquälen.

Ich war bereits seit mehreren Tagen unterwegs und hatte mir vorgenommen, heute mein heißersehntes Ziel zu erreichen. Obwohl die Semesterferien lang waren, hatte ich den Jeep nur für drei Wochen ausleihen können, und mein Budget reichte sogar, wenn man ganz ehrlich war, nur gerade mal für zwei Wochen. Doch ich war genügsam und bereit, auf jede Annehmlichkeit zu verzichten, konnte ich doch dafür mein so lange geplantes Vorhaben endlich durchführen.

Die Idee war mir bereits vor zwei Jahren gekommen. Damals hatte ich mich einem Studienseminar für Höhlenforscher angeschlossen, und war drei Tage lang unter der Aufsicht geschulter Spezialisten in mehreren Höhlen herumgeklettert. Allerdings reizte es mich mehr und mehr Höhlensysteme zu erforschen, die bis dahin noch nie ein Mensch betreten hatte, und so beschloss ich, etwas auf eigene Faust zu unternehmen. Ein Artikel in einer renommierten Zeitung lenkte meine Aufmerksamkeit dann auf ein noch unerforschtes

Höhlensystem mitten in den Bergen. Trotz allen Warnungen meiner besten Freunde und meiner Familie machte ich mich nach gebührender Vorbereitung mit Elmars Jeep auf den Weg, um mein Vorhaben in die Tat umzusetzen.

Gegen Abend hatte ich den Fuß der Berggruppe erreicht. Als es dunkel wurde hielt ich in einem kleinen Dorf und sah mich nach einer geeigneten Unterkunft für einige Tage um.

Ich wählte ein kleines Gasthaus, und parkte meinen Wagen direkt vor der Tür. Verschwitzt und müde trat ich ein, als sich auch schon alle Augenpaare der anwesenden Gäste auf mich richteten. "Guten Abend!" grüßte der korpulente Wirt hinter der Theke höflich und trat einen Schritt auf mich zu. "Guten Abend!" grüßte ich zurück.

Die anderen Gäste starrten mich noch immer an. Es schien sich ausnahmslos um Einheimische zu handeln, denn Fremde waren hier anscheinend recht selten. "Ich hätte gerne ein Zimmer für mehrere Nächte, und etwas zu essen" fuhr ich fort, und beachtete die übrigen Gäste nicht mehr.

"Wollen Sie hier Urlaub machen?" fragte der Wirt und sah mich forschend an. "Nur ein paar Tage ausspannen" wich ich aus und setzte mich an einen kleinen runden Tisch neben der Theke.

Die Gespräche der anderen Gäste, die bei meinem Eintreten abrupt aufgehört hatten, setzten langsam wieder ein, und mit der Zeit wurde ich von dem leisen Gemurmel im Gastraum schläfrig.

Nachdem ich mich ausreichend gestärkt hatte, ließ ich mir von dem Wirt mein Zimmer zeigen, und nach einer ausgiebigen Dusche fiel ich todmüde in das große weiche Bett, das wohl schon vor hundert Jahren Gäste beherbergt hatte.

Am nächsten Morgen erwachte ich zeitig und betrat noch im Morgengrauen den Gastraum. Die Luft roch nach kaltem Rauch, und eine ältere Frau in einem bunten Kittel war eifrig damit beschäftigt den Fußboden sauber zu schrubben.

"Guten Morgen"! grüßte ich gutgelaunt und setzte mich wieder an meinen kleinen runden Tisch neben der Theke. "Guten Morgen!" antwortete sie so eifrig wie sie schrubbte und sah mich neugierig an. "Das Frühstück ist gleich fertig!" fuhr sie fort und begann die Tische und Stühle gerade zu rücken.

Ich beobachtete die Frau und dachte: "Wie kann man tagein tagaus so ein Leben führen, und den Schmutz von anderen Leuten entfernen?" Doch die Frau, scheinbar die Wirtin, schien recht zufrieden mit ihrem Los zu sein und begann nun leise ein Lied zu summen.

Das Frühstück war wirklich prima, und ich langte ordentlich zu. Als ich mir gut gesättigt den letzten Krümel vom Mund wischte, beschloss ich den Wirt nach meinem Reiseziel zu fragen.
"Der Weg dorthin ist gekennzeichnet" erklärte er mir, "aber der Eingang ist abgesperrt, denn das Betreten der Höhlen ist verboten!" - "Ich möchte nur die Umgebung genießen, und vielleicht kann man von außen etwas in die Höhle hineinsehen" versicherte ich ihm und gab mich ganz als neugieriger Tourist. "Es handelt sich um ein riesiges Höhlensystem, das weit in die Berge hineinreicht!" tat sich jetzt der Wirt wichtig. "Tatsächlich?" stellte ich mich dumm, obwohl ich längst viele Informationen über die Höhlen gesammelt hatte. "Na ja, vielleicht haben Sie ja in Zukunft viele Gäste hier, wenn sich die Attraktion erst einmal herumgesprochen hat" fügte ich hinzu. "Dann müssten wir unser Gasthaus vergrößern" beteiligte sich jetzt auch die Wirtin am Gespräch, "wir haben nämlich im Moment nur drei Doppel- und zwei Einzelzimmer!" - "Erst mal abwarten" beruhigte sie der Wirt. "Bisher hat sich kaum ein Tourist in unseren Ort verlaufen, und ..." sagte er dann in meine Richtung: "Soweit ich weiß, sind die Forschungsarbeiten wegen Geldmangel zunächst eingestellt worden, und zum Höhlen -

eingang kann man nur beschwerlich zu Fuß hinaufklettern. Für Touristen müsste ja erst einmal eine Straße gebaut werden!" Ich hielt diesen Zeitpunkt für günstig dem Wirt meine Wanderkarte unter die Nase zu halten, und gutgläubig erklärte er mir den Weg zum Eingang des Höhlensystems. "Halten Sie sich weit genug vom Eingang fern, niemand weiß bisher, ob Einsturzgefahr besteht!" warnte er mich. "Keine Sorge" erwiderte ich und tat ganz unbefangen. "Ich bin hierher gekommen, um mich zu erholen, und nicht, um mich umzubringen!" "Na dann, Hals und Beinbruch!" grinste der Wirt über meinen Scherz und fuhr fort die schmutzigen Gläser hinter der Theke zu spülen. Auch seine Frau begann jetzt wieder emsig mit ihren Säuberungsarbeiten, und ich fand, es war Zeit aufzubrechen.

Eine kleine Straße führte ein Stück den Berg hinauf. Als sie plötzlich mit einem Schlagbaum versehen war, parkte ich den grünen Jeep neben einer Tannenschonung und begann meine Ausrüstung aus dem Wagen zusammenzusuchen. Mit braunen Kniebundhosen und meiner roten Jacke bekleidet, den großen Rucksack auf dem Rücken begann ich den Berg hinaufzukraxeln.
Brennend vor Neugier hatte ich nur ein Ziel: Den Höhleneingang so schnell wie möglich zu finden,

und als erster Mensch diese Höhle zu betreten.

In Gedanken sah ich schon viele Reporter mit ihren Mikrofonen vor mir stehen, die mich fragten: "Woher haben Sie nur den Mut zu so einem Unternehmen genommen?" und "Was haben sie empfunden, als sie die Höhle betreten haben?" Und ich würde antworteten: "Es war fantastisch, ich hatte mich gut vorbereitet, und somit fast jedes Risiko ausgeschlossen!"

Mit diesen Gedanken und fast hektisch setzte ich meinen Weg fort, denn laut Wanderkarte trennten mich nur noch wenige hundert Meter von meinem Ziel!

Schweißüberströmt erreichte ich endlich die Absprerrung, die vor dem Höhleneingang errichtet worden war. Ein großes gelbes Schild wies eindeutig darauf hin, dass das Betreten des umliegenden Geländes strengstens verboten war. Doch dieses Verbot beflügelte noch meinen Ehrgeiz, den Plan durchzuführen.

Da weit und breit kein Mensch zu sehen war, kletterte ich leichtfüßig über die nur provisorisch angebrachte Absprerrung und näherte mich zitternd vor Aufregung dem Eingang, der von weitem nur als dunkles Loch zu erkennen war.

Ich brannte darauf, das Höhlensystem zu erkunden,

und so betrat ich die Höhle ohne zu zögern. Zuerst war im Halbdunkel eine Art Vorraum zu erkennen, der sich vorzüglich für meine nun folgenden Vorbereitungen eignete. Ich platzierte den großen schweren Rucksack in einer Wandnische direkt neben dem Eingang und begann sämtliche Ausrüstungsgegenstände auszupacken. Als erstes wechselte ich die Schuhe, denn für mein Vorhaben konnte es erforderlich sein, Steigeisen anzulegen. Dann stülpte ich einen orangefarbenen Sicherheitshelm über meinen Kopf, an dem bereits eine Grubenlampe angebracht war. Zuletzt warf ich mir ein aufgerolltes Nylonseil über die Schulter und nahm meinen kleinen Rucksack mit einigen Utensilien und einer Tagesration an Verpflegung. Das musste reichen!

Jetzt war es endlich soweit! Neugierig näherte ich mich der Öffnung, die von dem Vorraum ins ungewisse Dunkel führte. Es war kein Laut zu hören, doch vor lauter Eifer spürte ich keine Angst.

Mitten in der Öffnung blieb ich vorerst stehen, um die folgende Höhle im schwachen Licht der Lampe abzuchecken. Es handelte sich um einen großen Raum, dessen Ende von meinem Standpunkt aus nicht zu erkennen war. Vor mir fiel das Gelände stetig bergab, und ich beschloss mich einfach weiter vorzuwagen.

Der Boden war mit gräulichem Sand bedeckt, so dass sich meine Schritte fast lautlos im Raum verloren, nur hin und wieder musste ich einen Felsbrocken umgehen, von denen etliche auf dem Boden verteilt waren. Die Wände der Höhle bestanden aus kantigen Felsen, die ab und zu von gelbem Lehm unterbrochen wurden. Die Luft war noch verhältnismäßig frisch, da ich mich ja bisher in der Nähe des Eingangs befand, doch je weiter ich vorankam, umso stärker war ein modriger Geruch zu bemerken. Das Gelände fiel immer weiter ab, dadurch schien die Decke der Höhle mittlerweile zwanzig oder mehr Meter hoch zu sein.

Plötzlich wechselte der Sandboden übergangslos in nackten Fels, und das Vorwärtskommen wurde jetzt beschwerlicher, zumal das Gefälle rapide zunahm. Auf einer kleinen Plattform machte ich halt, um etwas Wasser zu trinken. Ein Blick auf meine Armbanduhr bestätigte meine Vermutung. Der Tag war bereits weit fortgeschritten, und wenn ich noch im Hellen mein Dorfquartier erreichen wollte, musste ich auf der Stelle umkehren. Widerwillig fügte ich mich der Vernunft und entschied, mein Unternehmen abzubrechen, um es am nächsten Tag erneut anzugehen.

Der Rückweg zum Höhlenausgang erschien mir relativ kurz , und nachdem ich meine Ausrüstung wieder im Rucksack verstaut hatte, lief ich leichtfüßig den Berg hinab zu dem grünen Jeep. Als ich gegen Abend im Gasthaus eintraf, beachtete mich keiner der Gäste mehr, und so konnte ich ungestört mein Abendessen zu mir nehmen.

Am nächsten Morgen kündigte ich mein Zimmer und bat den Wirt ein Proviantpacket für zwei Tage zusammenzustellen.
"Haben Sie den Weg zum Höhleneingang gestern gefunden?" erkundigte er sich höflich. "Nein" log ich hemmungslos. "Die Berge sind so wunderschön, dass ich es vorgezogen habe, den Tannenweg zu wählen!" (Der Tannenweg war ein auf der Karte eingezeichneter Wanderweg, der wegen seines schönen Ausblicks besonders empfohlen wurde.) "Ja, der ist wirklich wunderschön!" antwortete der Wirt. "Aber vor Jahren, als wir noch jung waren..." dabei warf er seiner Frau einen schelmischen Blick zu, "sind wir bis zum Gipfel hinaufgeklettert. Das war ein tolles Erlebnis!" fügte er hinzu. Damit gab mir der Wirt ein Stichwort, das hundertprozentig in meinen Plan passte. "Tatsächlich?" fragte ich anscheinend überrascht. "Stellen Sie sich vor, genau das habe ich jetzt vor!" log ich weiter. "Daher also der Proviant für zwei Tage" grinste nun der Wirt. "Wir hatten damals

ein kleines Zelt in unserem Gepäck, aber wo gedenken Sie zu übernachten?" fragte er. "Ich habe ebenfalls ein Einmannzelt im Wagen" antwortete ich wahrheitsgemäß, obwohl ich nicht vorhatte, mein Zelt in den nächsten zwei Tagen zu gebrauchen. "Nehmen Sie lieber Verpflegung für drei Tage mit" riet jetzt die Wirtin. "Falls etwas Unvorhergesehenes dazwischen kommt." Dankend nahm ich ihren Vorschlag an und köpfte genüsslich mein Frühstücksei. "Die Eier sind gut hier" lobte ich mit vollem Mund. "Das sind ja auch richtige Landeier, junger Mann" lächelte die Wirtin stolz.

"In einer viertel Stunde ist die Marschverpflegung fertig" meldete sich nun wieder der Wirt zu Wort, und ich erhob mich, um mein Gepäck im Jeep zu verstauen.

Mit vielen netten Worten und guten Wünschen verabschiedeten mich die Wirtsleute schließlich. "Kommen Sie mal wieder!" rief die Frau, und ich versprach: "Ganz bestimmt! Ich werde Sie weiterempfehlen!"

Gut gelaunt stieg ich dann in meinen Wagen und machte mich abermals auf den Weg zur Höhle. Alles verlief wie am Vortage, und einige Stunden später befand ich mich wieder auf der kleinen Felsplattform, wo ich meine erste Tour abgebrochen hatte.

An diesem Tag nun fieberte ich vor Neugier, weiter in die Tiefe des Berges einzudringen. Inzwischen hatte ich wohl mehrere hundert Meter an Abstieg hinter mir, und dem Gefühl nach befand ich mich höhenmäßig etwa am Fuße des Berges. Aber das Gelände fiel immer noch steil ab, und ich malte mir aus, durch diese Höhle immer weiter ins Erdinnere vordringen zu können. Vor Erregung lief mir ein Schauer über den Rücken, als ich meinen inzwischen recht beschwerlich werdenden Weg fortsetzte.

Es mußte weit nach Mitternacht sein, aber ich empfand noch keine Müdigkeit. Die Luft war mittlerweile etwas stickig geworden, doch da ich keine Atemprobleme verspürte, ließ ich mich nicht davon beirren. Wie in Trance stieg ich immer weiter ab, bis plötzlich ein ganz leises Rauschen zu vernehmen war. Aufmerksam versuchte ich herauszufinden, aus welcher Richtung dieses Geräusch kam. Anscheinend befand sich noch weit unter mir ein unterirdischer Wasserfall.

Mit der Zeit wurde das Geräusch lauter, mein Weg schien mich direkt zum Wasser zu führen. Und tatsächlich. Nach einer weiteren Stunde Kletterei stand ich direkt neben einem kleinen Wasserfall, der zwischen den Felsen entsprang. In der Annahme, dass es sich um Quellwasser handelte, erfrischte ich mich damit. Angenehm überrascht über die gute Wasserqualität trank ich noch einige Schlucke, denn meine Kehle war inzwischen recht ausgetrocknet. Und plötzlich bemerkte ich, wie bleiern sich meine Knochen anfühlten. Müde rieb ich die vom schwachen Licht brennenden Augen und erwog erstmals, den heutigen Tag zu beenden.

Direkt neben dem Wasserfall befand sich eine tiefe Nische in der Felswand, die ich zu meinem Nachtquartier umfunktionierte. Und kaum lag ich auf der weichen Unterlage, die ich aus meinem Rucksack improvisiert hatte, versank ich auch schon in einen tiefen Schlaf, der nicht einmal vom Plätschern des Wassers gestört wurde.

Das einzige, an das ich mich in dieser Nacht erinnern kann, sind die wilden Träume, die mich heimsuchten. Im Schlaf lief ich durch Höhlen, deren Wände vor Hitze glühten. Dann stand ich plötzlich mitten im Eis, und aus der Decke und den Wänden ragten riesige spitze gefrorene Zapfen in den Raum hinein. Und dann schien ich auf einmal zu schweben, alles war dunkel, und ich fühlte keinen Boden mehr unter den Füßen.

Völlig erschlagen wachte ich irgenwann auf und benötigte einige Zeit um wieder zu mir zu finden.

Erleichtert vernahm ich dann das Rauschen des Wasserfalls, bevor ich die Lampe anschaltete. Vorsichtig begann ich meine steifen Glieder zu strecken, denn die feuchte Kälte hatte mir doch etwas zugesetzt. Jetzt verspürte ich auf einmal einen Bärenhunger und machte mich gierig über den köstlichen Proviant der netten Wirtsleute her.

Nach dem Frühstück stieg auch meine Euphorie wieder, und gut gelaunt setzte ich den Weg fort. Komischerweise kam mir während der ganzen Zeit nie das Risiko meines verrückten Unternehmens in den Sinn. Niemand wusste genau, wo ich mich zu diesem Zeitpunkt aufhielt, und falls mir etwas passierte, war ich rettungslos verloren. Doch daran dachte ich in meinem Leichtsinn nicht einen Moment. Die Neugier trieb mich immer weiter voran, irgendwann musste ich ja ein Ziel erreichen. Alles hat bekanntlich einen Anfang und ein Ende, und ich wollte unbedingt das Ende dieser Höhle erforschen.

So kletterte ich einen weiteren Tag immer stetig bergab. Eigenartigerweise war die Luft noch erträglich, und auch die Umgebung, die meine Lampe erreichen konnte, veränderte sich nicht sonderlich. Die Lebensmittel hatte ich vorsorglich strengstens rationiert, denn inzwischen war mir klar geworden, dass mein Aufenthalt unter der Erde sicherlich länger als drei Tage andauern würde. Der zweite Tag verging wie der vorherige, doch mein Eifer ließ nicht nach. Ab und zu rief ich laut irgend etwas in die Dunkelheit hinein, um die Größe des mich umgebenden Raumes herauszufinden. Aber den vielen Echos nach, war die Höhle von einem so immensen Umfang, für die meine Vorstellungskraft nicht ausreichte. Wände oder gar die Decke waren mit dem spärlichen Licht längst nicht mehr auszumachen.

Am Abend des zweiten Tages erreichte ich ein etwas größeres Felsplateau, unter dem die steinige Wand plötzlich fast senkrecht abzufallen schien. Ich entschied mich hier mein Lager aufzuschlagen, um den nun folgenden schwierigen Abstieg ausgeruht am nächsten Tag zu beginnen. Wieder fiel ich sofort in einen tiefen Schlaf, allerdings blieben in dieser Nacht sämtliche Träume aus.
Als ich erwachte, zeigte meine Armbanduhr sechs Uhr dreißig morgens. Nach einem kurzen kargen Frühstück begann ich mit dem Abstieg an der nunmehr sehr steilen Felswand. Ab und zu lösten sich einige Steine und ich lauschte auf den Aufprall in der Tiefe. Doch nichts war zu hören. Welche

Entfernung lag zwischen mir und dem Ende der Felswand? Verbissen kletterte ich bergab. Jeder Meter brachte mich weiter in das Erdinnere, und dieser Gedanke gab mir die unvorstellbare Kraft durchzuhalten.

Plötzlich erblickte ich im Licht meiner Lampe seitlich von mir einen Schatten. Ich sah noch einmal genau hin und bemerkte nun, dass sich etwa zehn Meter entfernt von mir eine felsige Begrenzung befand. Aufgeregt schwenkte ich meinen Kopf mit der Lampe zur anderen Seite, auch dort war eine Felswand zu sehen. Die Höhle wurde also kleiner, vielleicht war ich bald am Ziel meiner Reise angelangt?

Und tatsächlich wurde das Gelände etwa zwei Stunden später wieder flacher, und ich konnte den Weg aufrecht gehend fortsetzen. Mein allgemeiner Zustand war relativ zufriedenstellend, abgesehen von leichten Sehstörungen, die ich auf die Überbelastung meiner Augen zurückführte. Doch die innere Unruhe trieb mich immer weiter, ich glaube ich hätte meinen Weg auch noch auf allen vieren fortgeführt, wenn es notwendig geworden wäre. Nur aufgegeben hätte ich niemals!

Es muß am späten Abend gewesen sein, als ich endlich auf ebenem Boden stand und mich in einer großen Höhle befand. Ringsum schlossen mich Felswände ein, die so weit in die Höhe reichten, dass keine obere Begrenzung zu sehen war. Aufgeregt ging ich die senkrechten Felsen ab, um festzustellen, ob dieser Raum wirklich abgeschlossen war. Sorgfältig hielt ich meine Lampe auf die Wände, aber nirgends war eine Öffnung zu finden. Ich ging und ging, und hatte plötzlich das Gefühl, im Kreis zu laufen. Von welcher Seite war ich gekommen? Überall ragten steile Wände nach oben, doch der Weg, der mich hierher geführt hatte blieb verschwunden.

Nachdenklich ließ ich mich auf einem großen Felsbrocken nieder. Irgend etwas stimmte hier nicht. Ich war in einer Sackgasse gelandet, aus der es kein Zurück zu geben schien. Wieder leuchtete ich aufmerksam die Wände ab, um einen Ausweg zu entdecken, und da fiel mir etwas auf. War mir die Höhle bei meiner Ankunft noch groß erschienen, wirkte sie jetzt auf einmal kleiner. Ich schätzte den Durchmesser nun auf ca. fünfzig Meter. Selbst meine mittlerweile schon schwächer gewordene Lampe erfasste alle umliegenden Wände, wenn ich mich in die Mitte der Höhle stellte. Nachdem ich die Umgebung eine Zeitlang beobachtet hatte, war ich mir sicher: Die Höhle schien zu schrumpfen, besser gesagt, die Wände schienen sich immer mehr zusammenzuschieben!

Auf einmal war auch in etwa zwanzig Meter Höhe über mir eine Decke zu erkennen. Wie lange war ich hier noch sicher, und viel wichtiger: Wie kam ich hier jemals wieder heraus?

Da kam mir eine Idee. Wenn sich in den Felswänden kein Ausgang befand, vielleicht sollte ich mir das Gelände unter meinen Füßen etwas genauer ansehen! Sorgfältig schritt ich die Höhle ab und untersuchte den mit Sand bedeckten Boden nach einem Durchschlupf. Zwischendurch warf ich immer wieder ängstliche Blicke auf die Höhlenwände, die sich nun von Minute zu Minute weiter auf mich zuschoben. Ich kletterte über Felsen und stolperte über Steine, mein Verhalten wurde mehr und mehr hektisch, denn nun hatte ich das Gefühl, dass die Zeit drängte.

Da trat ich auf eine Felsplatte, die unter meinen Füßen wackelte. Neugierig versuchte ich sie beiseite zu schieben, was mir nur mit größter Anstrengung gelang. Dann starrte ich in eine Öffnung, die etwa einen Durchmesser von einem Meter hatte und wie ein steil nach unten gerichteter Tunnel aussah. Irgendwo, ganz am Ende war ein schwaches Licht zu sehen, dessen Ursprung man aber nicht feststellen konnte.

Ich überlegte nicht lange, denn viel Zeit blieb nicht. Nach einem kurzen Blick erkannte ich, dass die Höhle weiter geschrumpft war, und sich nur noch etwa drei Meter Platz zwischen dem Loch im Boden und der Höhlenwand befanden. Die Zeit drängte enorm. Kurz entschlossen befestigte ich das Nylonseil an der Felsplatte und begann mit dem Abstieg. Anfangs waren die Wände des Tunnels recht zerklüftet und es wurde mir leicht gemacht Halt für meine Füße zu finden. Doch als die Felsen immer glatter wurden, hing ich mitunter nur noch an dem Nylonseil, was eine ungeheure Anstrengung bedeutete. Ab und zu warf ich einen kurzen Blick nach unten, aber das Licht schien kaum näher zu kommen. Stöhnend gestand ich mir ein, daß es kein Zurück mehr gab. Nur was sollte ich tun, wenn mein Seil aufgebraucht war? Schätzungsweise blieben mir zu diesem Zeitpunkt noch gut zehn Meter!
Doch diese Frage stellte sich gar nicht mehr! Plötzlich verlor ich unter den Füßen gänzlichen Halt und hing nur noch mir den Händen am Seil. Das konnte selbst ein geübter Bergsteiger nicht lange durchhalten. Panisch umklammerte ich das dünne Nylon, das mir schmerzhaft in die Hände schnitt. Gleichzeitig versuchte ich mit den Füßen wieder Halt zu bekommen , aber die Felswand war feucht

und glitschig und selbst das dicke Gummiprofil meiner Schuhe glitt immer wieder ab. Und dann wurde der Schmerz in den Händen übermächtig und das Seil entglitt mir. Ich schloß die Augen und erwartete ruckartig mit einem immensen Tempo in die Tiefe zu sausen! Doch statt dessen schwebte ich langsam hinab, und als ich die Augen wieder öffnete, konnte ich im Licht der Lampe die feuchten Felwände des Tunnels erkennen, die langsam an mir vorüberzogen!

Neugierig sah ich nach unten, und mit einem plötzlichen starken Glücksgefühl sah ich das Licht am Ende des Tunnels immer weiter auf mich zukommen...

?!?!?!?!?!?!?!?!?!?!

Gorillalachen

Gairu, ein riesiger Gorillamann streckte sich behaglich und sah zufrieden auf seine Familie, die es sich im Schatten der riesigen Bäume bequem gemacht hatte. Es war Mittag, und die Herde hatte sich wie jeden Tag um diese Zeit auf eine kleine Anhöhe im afrikanischen Regenwald zurückgezogen. Gairu war der Stärkste der Gruppe und niemand wagte es, sich ihm in den Weg zu stellen. Von der höchsten Stelle der kleinen Bergkuppe aus beobachtete er jetzt den Rest seiner Sippe: die Weibchen, die faul im Gras lagen, und die Jungen, die trotz der Hitze immer zu Späßen aufgelegt waren.

Plötzlich zerstörte ein lautes Kreischen die Idylle. Ula hatte genug von ihrem Sprössling, der nichts unversucht ließ, seine Mutter zum Spielen zu bewegen. Als ihm das nicht gelang, ärgerte er sie so lange, bis sie ihn gehörig ausschimpfte. Gairu ließ ein leises Knurren ertönen, er liebte es nicht, in seinen Gedanken gestört zu werden, und schon herrschte wieder Ruhe.

Durch die Wipfel der Bäume strich ein leichter Wind, und hoch am Himmel kreiste ein einsamer Adler. Aus südlicher Richtung war nun das Gekreische einer Schimpansengruppe zu hören, wahrscheinlich trieb sich wieder einmal ein Leopard in der Gegend herum. Doch Gairu hatte keine Angst vor Leoparden. Er hatte vor niemandem Angst, denn er war der Herrscher des Regenwaldes.
Er riss sein großes Maul so weit auf, dass die riesigen Zähne zu sehen waren und gähnte. Dann lehnte er sich wieder bequem zurück und schloss die Augen. Das helle Gezwitscher vieler kleiner Vögel wiegte ihn erneut in den Schlaf.

Zur gleichen Zeit ging in Luanda ein kleiner Dampfer vor Anker, um eine private Personengruppe an Bord zu nehmen. Es handelte sich um fünf Engländer, die das Schiff gechartert hatten. Einer der Männer trug eine ehemals weiße Schirmmütze, die ihn wohl als Kapitän ausweisen sollte. Geschäftig luden die Männer ihr Reisegepäck auf den Dampfer und führten noch letzte Verhandlungen mit dem Besitzer des alten Schiffes. Hierbei handelte es sich um einen korpulenten Afrikaner, der ein schmuddeliges buntes Hemd und eine fleckige beige Hose trug. Die Männer diskutierten angeregt, und der Besitzer hob mehrmals hilflos die Hände . Schließlich hatte er *wohl einen akzeptalen Preis ausgehandelt, denn zufrieden schob er ein Bündel Banknoten in die ausgebeulte Hosentasche und verließ den Bootssteg.*

Die Engländer kehrten auf das Schiff zurück, welches einen armseligen Anblick bot. Überall blätterte die Farbe vom Holz, der Rumpf war rostig, und die Fensterscheibe der Kajüte war zerbrochen. Doch der Dieselmotor brummte gleichmäßig vor sich hin, und aus dem Schornstein kam heller Rauch.

Der kleine Dampfer stach in See und nahm Kurs auf den Kongo. Während der Kapitän das Schiff steuerte, sammelten sich die übrigen vier Männer unter Deck. Es waren grobe Gestalten mit stechenden Augen und finsteren Mienen. Einer der Männer stellte mehrere Flaschen Bier auf den wackeligen Holztisch, und sagte: "Lasst uns ein bisschen feiern und uns mit Pokern die Zeit vertreiben!" Damit zog er ein schmieriges Kartenspiel aus der ebenso schmierigen Hemdtasche und legte es auf den Tisch. "Ich werde mal nach Rollo sehen" erhob sich einer der übrigen Männer und verließ die Kajüte. "Was Ben immer hat?" wunderte sich ein dritter, der einen dunklen Vollbart trug, was sein Aussehen noch finsterer machte. "Beruhige dich Vic" sagte jetzt der mit den Karten und fing an, diese zu mischen. "Nicht, dass du uns wieder hereinlegst Steve!" warnte der größte der Gruppe und wischte sich nervös die Nase am Hemdsärmel ab. "Sei nicht so geizig Charlie, wir werden in Kürze genug Geld verdienen!" lachte Vic und nahm einen kräftigen Schluck aus der Bierflasche.

An Deck hatte Rollo eine Karte ausgebreitet, gemeinsam mit Ben versuchte er nun die genaue Entfernung zu ihrem Ziel abzuschätzen. "Gut, dass der Kerl uns seinen Kahn ohne Kapitän überlassen hat" bemerkte Rollo während er ausgiebig die Karte studierte. "Einen Mitwisser hätten wir loswerden müssen!" stellte Ben klar und grinste. "So ist es natürlich besser!" gab er dann aber zu. "Ich hoffe, niemand hat mitbekommen, was sich in den Holzkisten befindet" ließ sich jetzt wieder Rollo vernehmen. "Keine Sorge, selbst der Besitzer des Dampfers ist nicht im geringsten misstrauisch geworden" beruhigte ihn Ben zufrieden und steckte sich eine Zigarette an.

Es wurde Abend im Regenwald, die letzten Strahlen der Sonne schoben sich durch die Zweige der Baumriesen. Die Gorillaherde zog sich wieder auf die kleine Anhöhe zurück, um zu ruhen. Gairu saß auf einem Felsen und knabberte scheinbar gelangweilt an seinen Fingernägeln. Doch die dunklen Augen sahen verschmitzt unter den dichten Wimpern hervor und musterten die Weibchen mit ihren Jungen. Gairu war sehr wählerisch, und so konnte es Tage dauern, bis er sich für eines der ausgewachsenen Weibchen entschieden hatte. Aber er hatte Zeit.

Einige Jungtiere spielten zwischen den Erwachsenen fangen und jagten hin und her. Das eine schon etwas ältere Männchen könnte eines Tages ein ernsthafter Konkurrent für Gairu werden, aber darüber zerbrach er sich jetzt noch nicht den Kopf.

Behäbig erhob sich der gewaltige Gorilla, streckte die Glieder und schlug sich ein paar Mal mit den Fäusten an die Brust, als wollte er sagen: "Noch bin ich der Herr des Dschungels, wage es bloß niemand, mir den Rang streitig zu machen!" Behäbig ließ er sich wieder auf seinem Felsen nieder und lauschte den Geräuschen des Urwalds.

Ula näherte sich jetzt mit ihrem Jungen, wahrte aber genügend Abstand, um Gairu nicht zu erzürnen. Ula war das größte der Gorillaweibchen und hatte schon mehrere Jungtiere zur Welt gebracht. Sie war ruhig und umsichtig und wurde von allen anderen besonders geachtet. Liebevoll hielt sie das Baby im Arm und blickte gedankenverloren in den Abendhimmel.

Auch auf dem kleinen Dampfer war Ruhe eingekehrt. Rollo hatte freiwillig die erste Nachtwache übernommen. Gleichmäßig tuckerte der Motor, und der Mann begann müde zu werden. Um sich wachzuhalten erhob er sich von Zeit zu Zeit und inspizierte das Schiff. Den Kurs hatte er bereits am Nachmittag festgelegt, so konnte jeder andere der Mannschaft jederzeit problemlos das Steuer übernehmen.

Gegen Morgen wurde Rollo von Vic abgelöst, der reichlich verschlafen an Deck erschien um mürrisch Rollos Platz einzunehmen. "Das wurde aber auch Zeit!" knurrte Rollo und verschwand schleunigst. Auch unter Deck wurde es langsam lebhaft, Steve war gerade dabei, das Frühstück herzurichten, als Rollo erschien. "Ein Kaffee wäre jetzt nicht schlecht!" rief er Steve zu und ließ sich auf die alte Holzbank fallen, dass es krachte. "Kommt sofort, Käptn!" antwortete Steve gutgelaunt und stellte eine Tasse mit einer dampfenden braunen Brühe vor Rollo auf den Tisch.

Nacheinander erschienen Ben und Charlie, die aussahen, als hätten sie die ganze Nacht durchgezecht. Gierig stürzten sie sich auf den heißen Kaffee, den Steve gekocht hatte.

"Wir müssen die Käfige an Bord zusammenbauen" ergriff Charlie das Wort schlürfend. "Das hat noch

Zeit" wurde er von Ben zurechtgewiesen. "Wir werden noch wochenlang unterwegs sein, und ich habe keine Lust mir schon jetzt den Kopf über solche Nichtigkeiten zu zerbrechen!" Beleidigt biss Charlie in eine dicke Scheibe Brot.

Der kleine Dampfer setzte seine Reise auf dem Atlantischen Ozean fort. Viele Tage später erreichten sie die Mündung des Kongo. Doch die Fahrt sollte noch weiter gehen. "Wir müssen bis zum Ubongi hinauf, dort werden wir bestimmt Erfolg haben!" sagte Vic eines Abends. "Ich werde langsam verrückt auf diesem Kahn!" beschwerte sich Charlie, "niemand hat mir gesagt, dass wir wochenlang auf dem Wasser herumschippern. Am Anfang war von vielleicht zwei Wochen die Rede." "Du hättest ja auch auf einem Touristendampfer fahren können" neckte ihn Ben. "Nur, was hättest du auf dem Rückweg gemacht? Eine Familienkarte gekauft?" - "Vielleicht hätte der Kapitän die Gorillababys für deine eigenen Kinder gehalten und sie umsonst mitfahren lassen!" lachte Vic hämisch. Charlie schwieg beschämt. "Wenn ich diese Tortour hinter mir habe, fange ich mit dem Geld ein neues Leben an!" schwor er sich heimlich.

Gairu und seine Sippe hatten beschlossen weiterzuziehen. In der Nähe eines Flusses entdeckten sie ein Gebiet mit gutem Nahrungsangebot. Während die Erwachsenen zunächst ihren Hunger stillten, fingen die Jungen an, die Gegend zu erkunden. Spielerisch begannen sie ihre Kräfte zu messen, indem sie kleine Büsche und Bäumchen aus der Erde rissen, oder sich ganz einfach nur balgten. Ani, Mutter von einem etwa einjährigen Jungtier versuchte Gairu zu verführen, doch der Anführer zeigte keine Reaktion. Beleidigt zog sich Ani zurück und kaute auf einem Ast.

In den Wipfeln der Bäume saßen scharenweise Vögel, und das Gezwitscher wurde nur hin und wieder vom Quietschen der spielenden Jungaffen unterbrochen. Ula war schon seit geraumer Zeit damit beschäftigt, Ameisen mithilfe eines Stöckchens aus einem vermoderten Baumstumpf zu puhlen. Es dauerte nicht lange, und einige andere Gorillas gesellten sich zu ihr, entweder um staunend zuzusehen, oder um selber ihr Glück zu versuchen. Ein junges Männchen nahmens Madu schlug sich übermütig auf die Brust. Nachdem er etliche spielerische Kämpfe gegen die anderen Jungaffen gewonnen hatte, demonstrierte er nun seine Stärke.

Dennoch würde er es niemals wagen, Gairu herauszufordern, jedenfalls noch nicht!
In der folgenden Zeit zog die Herde mehrmals weiter, immer am Flussufer entlang. Gairu führte seine Sippe in neue Gebiete die reichlich Nahrung boten, denn inzwischen war wieder Familienzuwachs unterwegs. Ani erwartete ihr zweites Baby, und auch zwei weitere Gorillafrauen waren von Gairu schwanger. Das bedeutete, dass die Herde in Zukunft noch mehr Nahrung benötigte, damit alle Gorillas überleben konnten.

Mittlerweile hatten die Engländer nach vielen Wochen den Oberlauf des Ubangi erreicht. Jetzt war es an der Zeit, die Einzelteile der Käfige zusammenzusetzen, denn das Reiseziel rückte immer näher. Während Ben und Vic ihre handwerklichen Fähigkeiten nutzten, saßen Charlie und Steve an Deck in der Sonne und reinigten die Gewehre. "Hoffentlich reicht die Munition" gab Steve zu bedenken, doch Charlie beruhigte ihn: "Wir haben es ja nur mit ein paar Affen zu tun, nicht mit einer Armee!" - "Weißt du eigentlich, Charlie, wieviel so ein Gorillababy einbringt?" fragte Steve leise. "Vic sagte, es gäbe genügend Abnehmer, aber über Preise hat er angeblich nichts genaues in Erfahrung bringen können." - "Auf jeden Fall springt *genug für uns alle dabei raus!" grinste Charlie. "Du glaubst doch nicht etwa, dass Vic eine Sache in Angriff nimmt, die sich nicht rentiert?" - "Nein natürlich nicht. Und wieviel Gorillas müssen wir fangen, Charlie? Damit es sich für uns alle lohnt, meine ich!" - "Wir haben zehn Käfige mit, das hieße jeder von uns bekäme das Geld für zwei Affen! Und zur Not passen auch mehrere Gorillas in einen Käfig, je nachdem wie groß sie sind... keine Sorge Steve, Vic weiß schon was er tut!"*

Am nächsten Tag erreichte der Dampfer eine seichte Bucht am Oberlauf des Flusses. Die Männer entschieden vor Anker zu gehen, um die Gegend zu erkunden. Während Rollo sich anbot, an Bord des Schiffes zu bleiben um den Motor zu überholen, schulterten Vic, Ben, Steve und Charlie ihre Gewehre und gingen an Land. Aufmerksam suchten sie zuerst das Flussufer nach Spuren von Leoparden oder anderen wilden Tieren ab, dann verschwanden sie im Dickicht.

Rollo kletterte die kleine Stiege ins Schiffsinnere hinab und machte sich am Motor zu schaffen. Seufzend betrachtete er die von Öl völlig versottete Maschine und hoffte, dass sie auch den langen Rückweg noch unbeschadet überstehen würde.

Währenddessen hatten sich die anderen vier angestrengt einen Weg durch den Urwald gebahnt.

Völlig zerschunden und von Moskitos zerstochen erreichten sie nach etwa zwei Stunden eine kleine Lichtung. "Ich schlage vor, wir trennen uns hier!" sagte Vic und zog einen Kompass aus der Hosentasche. "Ben, Steve, ihr geht nach Norden, Charlie und ich sehen uns mal im Südwesten um. In zwei Stunden treffen wir uns hier wieder!" Damit drehte er sich um und tauchte in einer Baumgruppe unter, von denen lange Lianen herabbaumelten. Charlie beeilte sich seinen Kumpan einzuholen, und so blieben nur noch Ben und Steve auf der Lichtung zurück. "Du Ben" begann Steve zögernd, "hier gibt`s doch bestimmt auch Schlangen!" - "Wir werden eben aufpassen!" antwortete Steve und sah auf seinen Kompass. "Wir müssen dort hinüber!" bestimmte er dann und zeigte auf ein undurchdringbar scheinendes Dickicht. Die beiden setzten sich ebenfalls in Bewegung und versuchten mit ihren Buschmessern einen Durchgang zu bahnen. Eine unheimliche Ruhe lag in der Luft, und nur vereinzelt ertönte das Gezwitscher von Vögeln. Schweißüberströmt und mit verschrammten Armen und Beinen kämpften sich Ben und Steve immer weiter in den Dschungel vor. Plötzlich standen sie vor einem kleinen Bachlauf. "Ich glaube, wir sollten umkehren!" schlug Ben vor. "Wir können Vic und Charlie nicht zu lange warten lassen ." - " Vielleicht

finden wir hier am Bach Spuren von Gorillas" sagte Steve. "Wir könnten uns das Ufer wenigstens etwas näher ansehen!" - "Möglich wär`s" gab Ben zu und machte sich nun ebenfalls daran den Boden zu untersuchen. "Ben, komm mal hier herüber!" rief Steve auf einmal und winkte. Ben sprang gelenkig über den Bach und kam mit großen Schritten angelaufen. "Ist das der Fußabdruck von einem Affen?" fragte Steve unsicher. "Sieht so aus" mutmaßte Ben. "Der Abdruck scheint schon einige Tage alt zu sein. Aber die Schuhgröße könnte passen!" grinste er. "Hier sind noch mehr!" rief Steve nun vom anderen Ufer des Baches. "Es sind auch kleinere dabei!" - "Das hört sich gut an" antwortete Ben und suchte nach weiteren Spuren. Schließlich waren die beiden sich einig, dass es sich sehr wahrscheinlich um Spuren von Gorillas handelte, die anscheinend nach Westen weitergezogen waren. "Sie folgen vielleicht dem Fluss" bemerkte Steve, als die beiden sich schon wieder auf dem Rückweg befanden. "Dann haben Vic und Charlie bestimmt auch etwas entdeckt" vermutete Ben, "demnach könnten wir noch ein Stück mit dem Schiff weiterfahren, um die Gorillas einzuholen."
Als die beiden die kleine Lichtung erreichten, wurden sie schon von Vic und Charlie erwartet. Vic grinste bereits von weitem verheißungsvoll, und Ben

rief: "Ihr habt sie auch gesehen, stimmts?" - "Die Spuren? Ja!" antwortete Vic. "Sie sind nach Westen gezogen!" - "Das vermuten wir auch" rief Steve aufgeregt, "wir werden sie leicht einholen!" - "Wenn sie ihre Richtung beibehalten haben, bestimmt!" sagte Vic und drängte zum Aufbruch.

Am Boot erwartete die vier Männer schon ein fluchender und ölverschmierter Rollo, der mit seinen Nerven am Ende war. "Dieser verflixte Kahn!" schimpfte er. "Hoffentlich hält der Motor noch etwas länger aus, ansonsten: Gnade uns Gott!"

Vic lichtete den Anker, und der kleine Dampfer nahm weiter Kurs flussaufwärts. Steve und Ben schafften die fertigen Käfige an Deck und Charlie legte große Fangnetze bereit, während Rollo nach einer günstigen Anlegestelle Ausschau hielt. Am Abend kamen sie an einen kleinen Seitenarm des Ubangi, und man beschloss dort erneut vor Anker zu gehen. Steve, der Hobbykoch bereitete zur Feier des Tages ein köstliches Abendessen zu, und nachdem die Männer ihren Durst mit Bier gestillt hatten, entschieden sie frühzeitig zu Bett zu gehen, denn der folgende Tag würde alle ihre Kräfte in Anspruch nehmen. Die Nachtwache war diesmal auf alle fünf aufgeteilt worden, damit jeder von ihnen genug Schlaf erhielt. Als erster musste Charlie

Wache schieben. Er war der kleinste der fünf Engländer und bot einen armseligen Anblick, als er schlotternd vor Angst in seinem zerfetzten kakifarbenen Overall dicht an dem schmierigen Schornstein lehnte. Charlie war an und für sich nicht feige, aber dieser dunkle Dschungel mit seinen ungewohnten Geräuschen machte ihm Angst. Die Vögel waren längst verstummt, nur von weitem hörte man unheimliche und drohende Geräusche, die ihm durch Mark und Bein gingen. Erleichtert kletterte er in seine Schlafkoje, als Ben erschien um ihn abzulösen. "War etwas Besonderes?" hatte Ben leise gefragt, als er an Deck erschien. "Nein, eigentlich nicht!" hatte Charlie geantwortet. "Was heißt eigentlich nicht?" hatte Ben nachgehakt. "Nun ja, eigentlich nicht heißt eben eigentlich nicht!" hatte Charlie gemurmelt und war schnellstens verschwunden.

Auch Ben lauschte den nächtlichen Geräuschen des Urwalds. Fasziniert blickte er immer wieder zum Himmel hinauf, wo der Mond in dieser Nacht besonders hell leuchtete. Fast lautlos erschien als nächster Rollo, dann Steve, und die letzte Wache war auf Vic gefallen. Im Morgengrauen weckte er die anderen vier Männer, und schlug vor, zuerst den genauen Aufenthaltsort der Gorillas herauszufinden. Dann würden sie noch einmal zum Schiff zurückkehren, um die Netze zu holen. Alle stimmten Vic zu, und so schulterten die Männer ein weiteres Mal ihre Gewehre, schoben die Buschmesser in den Gürtel und gingen von Bord.

Vic führte die Gruppe an. Er kannte sich am besten mit dem Kompass aus und war sicher, die Affen etwas weiter westlich von der Anlegestelle zu finden.

Das Vorankommen im Busch war beschwerlich und zeitaufwendig, und gegen Mittag hatten die fünf erst eine kurze Strecke zurückgelegt. Im Schatten eines riesigen Baumes legten sie eine Pause ein. Erschöpft ließ sich Charlie zu Boden sinken und trank gierig aus der Wasserflasche. Das Gewehr hatte er ebenso wie sich selbst an den dicken Stamm des Baumes gelehnt, während die anderen Männer es vorzogen, auf kleinen Felsblöcken zu sitzen, die massenhaft herumlagen.

Plötzlich hörte Charlie hinter sich ein leises Rascheln. Doch ehe er sich umdrehen konnte rief Steve: "Beweg dich nicht Charlie!" und griff zu seinem Gewehr. Vorsichtig näherte er sich dem Baum und starrte ins Gebüsch. "Eine Schlange!" hauchte er Charlie zu. Dieser drückte sich enger an den Baumstamm und begann zu zittern. "Ruhig!" flüsterte Steve, "im Moment regt sie sich nicht!" - "Nicht schießen ! " sagte Vic leise , der sich ebenfalls herangepirscht hatte. "Wir verjagen sonst auch alle anderen Tiere, und die Gorillas wären gewarnt!" Charlie begann mit den Zähnen zu klappern. "Schieß doch Steve, schieß!" Steve zögerte. Einesteils wollte er sich Vics Anordnung nicht widersetzen, Vic hatte sich selbst indirekt zum Anführer der Gruppe ernannt, und niemand hatte etwas dagegen einzuwenden, andernteils wollte er seinen Kumpel Charlie nicht im Stich lassen.

Auch Vic starrte gebannt auf die große Schlange, die sich etwa einen Meter weit aus dem Gebüsch herausgewagt hatte und jetzt regungslos verharrte. Es war ein wahres Prachtexemplar von einer Python, die hübsch gezeichnete Haut schimmerte im Sonnenlicht. Die starken Muskeln angespannt starrte das Reptil die Männer mit seinen kalten Augen an, nur die Zunge bewegte sich ab und zu leicht. "Charlie" flüsterte Vic leise, "rutsch ganz langsam nach links rüber, und vergiss das Gewehr nicht!" Immer noch zitternd befolgte Charlie die Aufforderung, bis er schließlich genügend Raum zwischen sich und das Tier gebracht hatte.

Das Reptil wartete immer noch bewegungslos. Langsam zogen sich die Männer zurück und entfernten sich vorsichtig von der Python. Diese lag weiterhin still und starrte ihnen mit ihren kalten Augen böse hinterher.

Der weitere Weg führte durch dichtes Unterholz, und die Männer hatten Mühe voranzukommen. Vic wurde immer wachsamer. Er vermutete die Gorillas bereits in der Nähe und wollte sie nicht auf sich aufmerksam machen. Vorsichtig kämpfte die Gruppe sich weiter durch den Dschungel, bis Vic plötzlich eine Hand hob. "Hier sind frische Spuren!" Sorgfältig untersuchte er den Boden auf Abdrücke. Dann bemerkte er: "Und hier haben sie sich ihre Nahrung beschafft, seht mal!" Überall auf der Erde lagen Reste von Ästen und Blättern herum, und die umstehenden Bäume zeigten deutliche Anzeichen einer Plünderung.

"Die Blätter sind ganz frisch" stellte Steve fest, "die Affen halten sich bestimmt noch in der Nähe auf!" Vic nickte zustimmend. Leise bewegten sich die Männer weiter. Vor ihnen tat sich eine kleine Lichtung auf. Und da waren sie. Fünfzehn ausgewachsene Gorillas, davon vier Weibchen mit Babys und zahlreiche Jungtiere. Atemlos verharrten die Männer hinter Büschen und beobachteten die Szene.

Die Tiere hatten sich auffällig dicht zusammengehockt und bildeten einen Kreis um die Jungtiere. Doch keiner der Engländer wusste, dass dieses Verhalten nicht der Natur der Gorillas entsprach, und so waren sie in der Annahme, die

Affen hätten ihre Anwesenheit nicht bemerkt. Leise zogen sich die Männer wieder zurück und schlugen den Weg zum Schiff ein. Unterwegs überlegten sie, wieviele der zahlreichen Gorillakinder man wohl in Geld umsetzen könnte, und ob es erforderlich sei, zusätzlich provisorische Käfige anzufertigen.
Kurz bevor sie den Dampfer erreichten scheuchten sie eine Schimpansengruppe auf, die sich in den Bäumen die Zeit vertrieb und Nester baute. Kreischend flüchteten die Affen in alle Richtungen, und Vic rief großmäulig hinterher: "Wartet nur, vielleicht nehmen wir von euch auch noch ein paar mit!" und erntete lautes Gelächter.

Gleich nachdem die Menschen sich zurück-gezogen hatten, bildeten die Gorillas einen großen Kreis, in dessen Mitte Gairu trat. Imponierend richtete der Gorillamann sich zu seiner vollen Größe auf und schlug sich mehrmals mit den Fäusten gegen die gewaltige Brust. Gleichzeitig öffnete er sein riesiges Maul und zeigte die großen Zähne. Die übrigen Affen verharrten unbeweglich und beobachteten ihn aufmerksam.
Gairu trat einige Schritte zurück, dann begann er langsam im Kreis zu gehen, immer noch die aufrechte Körperhaltung beibehaltend. Sein Gang wurde schneller und schneller, bis er plötzlich auf

allen vieren in seine ursprüngliche Gangart verfiel, wobei er tiefe, zornig klingende laute Töne von sich gab. Und langsam kam auch Bewegung in die anderen Tiere. Sie fingen an zu kreischen und wiegten ihre Oberkörper hin und her. Schließlich hallte der ganze Dschungel wider von diesem unheimlichen Geschreie, das wie höhnisches Gelächter klang!

An Bord des Dampfers war Ruhe eingekehrt. Die Männer schliefen bereits, denn sie wollten am folgenden Tag zeitig aufbrechen. Da sie keine Gefahr erwarteten, hatten sie dieses Mal auf eine Nachtwache verzichtet. Auch in der folgenden Nacht schien der Mond sehr hell, und sein Licht warf unheimliche Schatten an das Flussufer.
Aus den Schatten trat lautlos eine dunkle Gestalt. Vorsichtig trat sie in das Mondlicht und blickte zum Schiff hinüber. Dann ertönte ein leises, kaum zu vernehmendes Knurren, und weitere Gestalten, etwas kleiner als die erste, erschienen am Ufer. Die Gorillas waren den Menschen gefolgt! Sie schienen sich nur durch Blicke und Gesten zu verständigen und näherten sich jetzt gemeinsam dem Dampfer. Einer nach dem anderen schwang sich behende über die Reling, selbst die Jungtiere standen den Erwachsenen in nichts nach.

Nun verschwanden einige der Tiere eilig unter Deck, während andere damit begannen, die Käfige genauestens zu inspizieren. Vorsichtig betasteten sie die Holzkonstruktionen und fingerten am Draht herum. Gairu war der erste, der damit begann, einen der Käfige systematisch zu zerlegen. Mit seinen muskulösen Armen bog er die Holzlatten einfach auseinander. Dann griff er nach dem Draht, den er in einem hohen Bogen in den Fluss schleuderte. Die anderen Affen folgten seinem Beispiel, und nach kurzer Zeit waren von den Käfigen nur noch zerbrochene Holzreste übrig.

Ula hatte sich in eine Ecke zurückgezogen und befasste sich mit einem der Fangnetze. Immer wieder steckte sie ihre einzelnen Finger durch die engen Maschen, konnte mit diesem eigenartigen Ding jedoch so recht nichts anfangen. Schließlich warf sie es einfach über Bord, um sich ein neues Spielzeug zu suchen.

Etwas später kamen die Gorillas, die in das Innere des Schiffes geklettert waren, wieder herauf. Sie hielten seltsame Stöcke in ihren großen Händen, und fuchtelten aufgeregt damit herum. Gairu machte nun Anstalten den Dampfer zu verlassen, und gehorsam folgten ihm alle Tiere zurück ans Ufer. Bald waren sie so lautlos wie sie gekommen waren wieder im Dunkel des Urwalds verschwunden, und kein Geräusch zerstörte die Stille der Nacht.

Beim ersten Morgengrauen erhoben sich die Engländer, um keine Zeit des für sie so gewinnbringenden Tages zu verschwenden. Vic erschien als erster an Deck, um nach dem Rechtenzu sehen. Wie vom Blitz getroffen glotzte er auf die Verwüstung, die die Gorillas hinterlassen hatten. Danach kletterte er Hals über Kopf wieder hinunter, wobei er über die letzte Sprosse der Leiter stolperte und fast gestürzt wäre. Dabei schrie er unentwegt: "Wir sind überfallen worden! Die Käfige... die Käfige...!" Unten erwarteten ihn die schlaftrunkenen Gesichter der anderen Männer. "Was ist passiert?" fragte Ben und gähnte. "Warum regst du dich so auf? Was ist denn los?" - "Wahrscheinlich hat er schlecht geträumt!" lästerte Charlie und grinste dämlich. "Ich war oben!" japste Vic noch ganz aus der Puste. "Jemand ist heute nacht auf unserem Schiff gewesen und hat die Käfige zerstört!" - "Das ist nicht wahr!" rief Steve und stürzte die Leiter hinauf. Fassungslos stand er dann auf den alten Holzplanken und betrachtete die Bescherung. Inzwischen waren die anderen vier Männer hinter ihn getreten. "Wieso hat niemand von uns etwas bemerkt?" fragte Ben. Vic zuckte nur mit den

Achseln und trat einen Schritt vor. "Seht mal, die Überreste der Netze. Es sieht aus, als wären die Schnüre durchgerissen worden. Und wer hätte ein Interesse daran die Käfige zu zerstören?"- "Vielleicht die Gorillas!" ließ sich nun Charlie vernehmen. Einen Moment lang herrschte absolute Stille. Dann folgte tosendes Gelächter! Vic prustete: "Werd nicht albern Charlie! Gorillas sind nur Tiere. Das hier müssen Menschen gewesen sein!" Rollo starrte nun stumm vor sich hin. Plötzlich verließ er das Schiff und suchte am Ufer nach Spuren. Und er wurde fündig. "Ihr werdet es nicht glauben!" rief er hinüber zu den anderen. "Hier sind eindeutig Fußabdrücke, und zwar viele. Ich wette, die ganze Herde war heute nacht auf unserem Schiff!" Betreten wechselten die Männer Blicke. In diesem Moment ertönte aus der Kajüte die Stimme von Steve. "Es gibt noch etwas, was ihr nicht glauben werdet! Die Gewehre sind verschwunden!" Ratlos warteten sie, bis Rollo wieder an Bord kam, um ihm die Neuigkeit mitzuteilen. "Und was tun wir jetzt?" fragte Charlie naiv. "Wir holen zuerst unsere Gewehre zurück!" bestimmte Vic, der vor Wut fast platzte. "Verdammt!" murmelte er dann, "man darf diese Affen nicht unterschätzen, aber das werden wir ihnen heimzahlen!"
Und so zogen sie wenig später wieder los, um die Gorillas zu finden . Diesmal erleichterte ihnen der

mittlerweile etwas ausgetretene Pfad das Vorankommen, und noch vor der großen Mittagshitze näherten sie sich dem Aufenthaltsort der Affen. Da sie dieses Mal nur ihre Buschmesser dabei hatten, gingen sie besonders achtsam vor, doch glücklicherweise trafen sie weder auf Schlangen, noch auf andere Tiere, die ihnen hätten gefährlich werden können.

Plötzlich blieben die fünf erschrocken stehen. "Das war ein Schuss!" sagte Rollo. "Das haben wir auch gehört" wollte Vic gerade kontern, als wieder ein lauter Knall ertönte. Und dann noch einer und noch einer. Dann hallte der ganze Regenwald wieder von Schüssen, so dass es sich anhörte wie Kanonendonner! "Seit wann können Affen mit Gewehren umgehen?" wunderte sich Charlie, doch Steve antwortete: "Wenn sie geladen sind, ist das auch für Kinder kein Problem!" Eilig liefen sie weiter auf die Schüsse zu, während hoch in den Wipfeln der Bäume aufgescheuchte Vögel flatterten.

Bei den Gorillas war die Hölle los. Gairu, Ani und Madu das junge Männchen, sowie zwei weitere Affen hielten die Gewehre in die Luft und feuerten einfach drauflos. Nach jedem Knall der zu hören war, fingen alle an zu kreischen und sprangen vor Aufregung hin und her. Ula verzog das Maul zu *einem gigantischen Grinsen und versuchte Ani das Gewehr wegzunehmen. Da löste sich wieder ein Schuss, und die ganze Affenmeute war außer sich. Mitten in diesen Trubel platzten nun die Engländer, die ihren Augen nicht trauten. Die Gorillas ballerten wild in der Gegend herum, und den Männern erschien es klüger sich scheinbar unbemerkt sofort auf den Boden zu werfen. Versteckt hinter dichten Büschen verfolgten sie die Aktionen der Tiere, noch ratlos, was zu tun sei. Plötzlich schien die Munition auszugehen, und die ersten beiden Affen warfen ihre nun uninteressanten Spielzeuge fort. Gleich fand sich ein anderer, der sich für dieses seltsame Gerät begeisterte, und schließlich balgten sich die Jungtiere um die jetzt unnützen Gewehre, aber die Erwachsenen beruhigten sich nur langsam. Gairu hatte es sich am Fuße eines Baumes bequem gemacht. Äußerlich schien er vor sich hin-zudämmern, doch in Wahrheit hatte er die Menschen schon längst entdeckt. Da sie aber im Moment keine große Gefahr für seine Familie darstellten, entschied er zunächst abzuwarten.*

Die Engländer lagen schon lange Zeit hinter dem Gebüsch, aber noch immer bot sich ihnen keine Möglichkeit wieder in den Besitz der Gewehre zu kommen. Leise beratschlagten sie sich. "Wir losen aus, wer als erster versucht, ein Gewehr zu erreichen!" schlug Vic vor, und die anderen stimmten zu. Rollo zog ein paar Streichhölzer aus der Hosentasche, von denen er eins kürzte. Jeder der Männer zog nun ein Hölzchen, und atmete auf. Bis die Reihe an Ben kam. "So ein Pech!" murmelte der, "das hätte ich mir denken können." - "Wir kommen dir zu Hilfe" beruhigte ihn Vic, der sich freute, nicht selbst das kurze Hölzchen gezogen zu haben.

Leise erhob sich Ben und bewegte sich langsam in gebückter Haltung auf ein Gewehr zu, welches in unmittelbarer Nähe ihres Versteckes am Boden lag. Niemand der Gorillas schien ihn zu beachten, und so trat er weiter aus dem Gebüsch heraus, auf die Affen zu. Immer noch kümmerte sich keiner um ihn, so dass Vic, Steve, Charlie und Rollo vorsichtig folgten. Doch plötzlich ertönte ein lautes durchdringendes Knurren, und die Männer hielten in ihrer Bewegung inne.

Dann sahen sie ihn! - Gairu kam hoch aufgerichtet majestätisch schreitend auf sie zu!

Sekundenlang zögerten sie, dann drehten sie sich wie auf ein Kommando zur Flucht um. "Verflucht!" brüllte Rollo, "wir müssen weg!" und sein Blick suchte verzweifelt nach einem Ausweg. Doch auf einmal waren sie ringsum von den Gorillas umzingelt, und es bot sich kein einziges Schlupfloch zum Entkommen. Vic zog das Buschmesser mit einer schnellen geschmeidigen Bewegung aus dem Gürtel, da vernahm er ein wütendes Knurren und bemerkte, dass Gairu sich ihm zuwandte. Zitternd schob er das Messer in den Gürtel zurück, und augenblicklich beruhigte sich auch der Herrscher des Urwalds.

"Vic" flüsterte Ben, "was tun wir jetzt? Was werden sie mit uns machen?" Vic zuckte mit den Schultern: "Ich habe keine Ahnung, am besten wir warten ab, was sie vorhaben!" Fassungslos starrten die Männer nun auf Gairu der sie immer noch stur ansah und dann begann, sich mit den Fäusten auf die gewaltige Brust zu schlagen, so dass es sich wie eine dumpfe Trommel anhörte. Dieses Schauspiel dauerte minutenlang an. Während die Männer weiterhin regungslos auf Gairu blickten, wurde der Kreis, den die übrigen Affen um sie gebildet hatten, immer enger. Madu und ein paar andere junge Männchen begannen nun ebenfalls sich mit den Fäusten auf die Brust zu trommeln, und die Männer hielten vor Ehrfurcht die Luft an.

Drei Affen, die mehrere Bündel von Lianen hinter sich herzogen, näherten sich jetzt brabbelnd und glucksend dem Kreis, in dem die Engländer eingeschlossen waren . Keiner der Männer traute

sich eine Bewegung zu machen, denn die Feindseligkeit, die ihnen aus den Augen der Gorillas entgegenschlug war übermächtig. Besonders Charlie durchlitt Todesängste, er war leichenblass im Gesicht und konnte sich kaum noch auf den Beinen halten. Die anderen warfen ihm besorgte Blicke zu, trauten sich aber nicht, ihn zu stützen. "Halt durch Charlie!" machte Ben ihm leise Mut, "irgendwie kommen wir hier wieder raus!" Aber Charlie schien gar nicht zu reagieren, er starrte ins Leere und seine Lippen zitterten. Plötzlich warf er ruckartig den Kopf in den Nacken und brüllte: "Monster! Ihr seid Monster!" - "Schsch! Charlie sei leise!" versuchten die anderen ihn zu beruhigen, aber Charlie war noch nicht fertig. Ungeachtet des riesigen Gorillas, der drohend auf ihn zukam, schrie er unbeherrscht: "Was wollt ihr von uns, ihr Monster?" Sein Schrei hallte durch den ganzen Dschungel, und Charlie setzte erneut an, als Ben ihm schnell den Mund zu hielt. "Willst du uns alle umbringen?" zischte er leise. Reiß dich zusammen Charlie!" Dieser bekam nun unter Bens festem Griff langsam Luftschwierigkeiten, und die Augen wollten ihm aus dem Kopf quellen. Doch dann ließ Ben los, und Charlie schnappte gierig nach Luft.
Gairu stand jetzt direkt vor ihm und schnaufte bedrohlich. Da wagte auch Charlie keinen Mucks

mehr und glotzte verängstigt auf das "riesige Monster" vor sich. Nachdem der Gorilla noch mehrmals bösartig die Zähne gefletscht hatte, wandte er sich langsam ab. Er wollte sich wohl mit einem solchen Feigling nicht abgeben, der die Mühe nicht wert war.

Die Männer überlegten fieberhaft. Die Gewehre waren für sie unerreichbar und im Moment auch nutzlos ohne Munition. Die Lage war aussichtslos!

Inzwischen hatten die drei Affen mit den Lianen den Kreis durchbrochen, der sich unmittelbar hinter ihnen wieder schloss. Zielstrebig verknüpften jetzt mehrere Tiere die Pflanzen miteinander, so dass ein grobmaschiges Netz entstand. "Ich glaube das einfach nicht!" murmelte Vic. "Auf welcher Entwicklungsstufe stehen diese Tiere? Das ist einfach alles nicht wahr! Das ist ein Alptraum!" - "Ein Alptraum?" kreischte Steve hysterisch. "Das ist Wahnsinn! Charlie hat recht, das sind Monster!" Vic versuchte nun Steve zum Schweigen zu bringen, um Gairu nicht nochmals zu erzürnen, doch dann schloss Steve erstaunt von selbst den Mund.

Die Gorillas hatten begonnen die Engländer noch enger zusammenzudrängen, bis sie sich schließlich gegenseitig berührten. Die Männer erkannten jetzt die Absicht der Affen, waren aber nicht in der Lage sich zu wehren.

Systematisch begannen nun mehrere Tiere das Netz um die Menschen zu wickeln, bis diese sich nicht mehr rühren konnten. "Was haben die mit uns vor?" fragte Rollo leise. "Keine Ahnung" stieß Vic zwischen den Zähnen hervor, "sie scheinen die Befehle des Oberhauptes auszuführen. Aber wenn sie uns hätten töten wollen, wäre das schon längst geschehen!" In diesem Moment fletschte Gairu warnend seine Zähne und die Männer schwiegen erneut.

Während die Affen mehrere kurze Lianenstücke mit Schlaufen an dem die Männer umgebenden Netz befestigten, gruppierten sich die übrigen Gorillas um. Sie bildeten eine Art Zug, in deren Mitte die Gefangenen nun eingeschlossen waren. Dann ergriffen mehrere Tiere die Schlaufen und zogen die gefesselten Menschen hinter sich her. Gleichzeitig schubsten andere Affen, die hinter ihnen liefen, sie von Zeit zu Zeit an, um das Tempo zu beschleunigen.

Und so setzte sich der Zug in Richtung des Ubangi in Gang, wo der kleine Dampfer im ruhigen Wasser vor Anker lag. Die ganze Zeit über amüsierten sich die Gorillas köstlich. Viele kreischten unterwegs vergnügt vor sich hin oder zogen Grimassen, und kaum stolperte einer der Engländer und drohte seine Kumpane mit hinunterzureißen , war ein lautes

Geschrei zu hören, das an Gelächter erinnerte.

Die Männer waren bis zu den Knien gefesselt, und kaum in der Lage Schritte zu machen. Obendrein war das Netz so stramm gezogen, dass sie dachten keine Luft mehr zu bekommen. Es dauerte nicht lange, und sie waren schweißgetränkt, die Kleider klebten nur noch so am Leibe. Zu guter Letzt schloss sich ihnen unterwegs auch noch vorübergehend eine Horde Schimpansen an, die neugierig um die Menschen herumsprangen und sie aufdringlich anstarrten. Ihr lautes Gekreische übertönte sogar das Schreien der Gorillas, und der Lärm wurde unerträglich.

Mit starren Blicken taumelten die fünf Männer durch den Dschungel! Ihre Nerven waren inzwischen aufs Äußerste gespannt. Selbst Vic hatte mittlerweile resigniert und dachte nur noch daran durchzuhalten. Vielleicht war ja später am Flussufer ein Entkommen möglich. Im Moment hieß es jedenfalls bloß nicht stürzen, denn dann würden sie von den nachfolgenden Tieren überrollt werden.

Irgendwann hatte sich die Schimpansengruppe dann wieder verabschiedet und war in einer Baumgruppe verschwunden. Auch die Gorillas hatten sich etwas beruhigt, behielten aber das zügige Tempo bei, als könnten sie ihre Gefangenen nicht schnell genug wieder loswerden.

Am späten Nachmittag erreichte die Gruppe das Flussufer und gelangte zum Schiff. Hier löste sich der Zug auf. Während etwa sechs Affen mit vereinten Kräften versuchten, die Männer an Bord zu hieven, warteten bereits vier andere an Deck, um ihre Artgenossen zu unterstützen. Mit etlichen Schrammen und Prellungen überstanden die Engländer diese Tortur und standen dann, immer noch gefesselt, mitten auf dem Deck des Schiffes. Gairu stand am Ufer und beobachtete die übrigen Affen aufmerksam. Es schien aber alles zu seiner Zufriedenheit abzulaufen, denn außer einem leisen Knurren ab und zu zeigte er keine Regung. Als sich die Männer endlich auf dem Schiff befanden richtete er sich zu seiner vollen Größe auf und stieß einen lauten Schrei aus, der durch Mark und Bein ging. Daraufhin sammelten sich die sechs sich noch an Bord befindlichen Tiere und begannen mit vereinten Kräften den Anker zu lichten. Ungläubig schauten die Männer diesem Schauspiel zu.

Während Charlie, der kurz vor einem Nerven-zusammenbruch stand, seinen Tränen freien Lauf ließ, jammerte Steve leise und unaufhörlich vor sich hin. Ben glotzte ebenso wie Rollo fassungslos auf die Gorillas, die sich am Anker zu schaffen machten.

Nur in Vics Augen glomm ein kleiner Hoffnungsschimmer. Er bemühte sich mit einer Hand an das Buschmesser zu kommen, das immer noch in seinem Gürtel steckte. Fast wäre es ihm gelungen, da stand plötzlich ein stattlicher Affe vor ihm, der ihn misstrauisch musterte. Vic verharrte regungslos, doch es war bereits zu spät. Mit einem Warnruf machte Madu die anderen Tiere auf sich aufmerksam, und kurz darauf lagen alle Buschmesser auf dem Grunde des Ubangi. Als wenn nichts geschehen wäre, fuhren die Affen dann weiter damit fort, den schweren Anker hochzukurbeln.

Vic fluchte und ärgerte sich über seine eigene Dummheit. Er hatte wirklich unüberlegt gehandelt, vielleicht hätten die Tiere den Buschmessern ansonsten keine Bedeutung zugemessen. "Es ist nicht mehr zu ändern!" tröstete ihn Ben, als könne er seine Gedanken lesen. "Nichts ist mehr zu ändern!" stöhnte Vic und ließ den Kopf hängen.

Gairu stand derweil hochaufgerichtet am Ufer und beobachtete aufmerksam das Schiff. Schließlich war es geschafft, der Dampfer war frei. Die sechs Gorillas verließen in Windeseile das Deck, kletterten über die Reling und sprangen an Land. Dort hatte mittlerweile die ganze Herde Aufstellung genom-

men, um das weitere Geschehen verfolgen zu
können.

Gairu suchte sich drei weitere kräftige Männchen
aus der Gruppe aus. Die vier Affen machten sich
unter dem lauten Gegröle der anderen am Heck
des Schiffes zu schaffen und schoben es
gemeinsam weiter auf den Fluß hinaus, bis es von
der Strömung erfasst wurde. Dann kehrten sie zurück
ans Land und begaben sich wieder zu den Ihrigen.
Inzwischen war es dämmerig geworden, und die
Schatten wurden immer länger.

Es war ein armseliges Bild, als ein alter kleiner, fast
verrotteter Dampfer steuerlos den Ubangi hinab-
trieb, an Bord fünf gefesselte, verwahrlost wirkende
Männer, während am Flussufer eine Herde Gorillas
immer kleiner wurde, und der Urwald von einem
unheimlichen Gekreische und Gelächter
widerhallte.

?!?!?!?!?!?!?!?!?!?!

Licht am Horizont

Fast am Ende der Welt liegt eine kleine Insel mitten im Meer. Sie ist von hohen Felsen umgeben, an denen sich die Brandung rauschend bricht. Bis auf einen Leuchtturm und ein kleines Haus findet man auf dieser Insel nur eine schmale Bootsanlegestelle mit einem alten Fischerkahn. Fast immer ist es stürmisch, und die wenigen Bäume und Büsche wiegen sich im Wind.

Der letzte Bewohner der Insel war ein alter Leuchtturmwärter mit wettergegerbtem Gesicht und einem dichtem weißen Bart. Früher stieg er jeden Tag mehrmals auf den Leuchtturm, um die alte Petroleumlampe in Gang zu halten und den vorbeifahrenden Schiffen Signale zu geben. Doch in den letzten Jahren hatte sich die Zahl der kreuzenden Schiffe dramatisch verringert, und zum Schluss fuhren nur noch drei Schiffe am Tag an der kleinen Insel vorbei.

Eines Tages stellte auch diese Schifffahrtsgesellschaft ihre Route komplett ein, und der hübsche alte Leuchtturm wurde überflüssig. Dem Wärter legte man nahe, die Insel zu verlassen, da niemand mehr für seinen Lebensunterhalt aufkommen wollte.

Völlig verzweifelt nahm der alte Mann die Nachricht auf, denn die kleine Insel mit ihrem Leuchtturm war sein Leben! Tag und Nacht sann er nach einer Möglichkeit, sich dieser Anordnung zu widersetzen, doch er hatte keine Idee, so sehr er auch grübelte.

Am Tage vor der angeordneten Abreise packte er seine wenigen Habseligkeiten zusammen und ging noch einmal zum Bootssteg hinunter. Der alte Kahn schaukelte ruhig im seichten Wasser. Wie oft war er mit diesem Boot in all den Jahren aufs offene Meer hinausgefahren, um Fische zu fangen. Wie viele Löcher hatte er liebevoll mit Teer geflickt, um das Boot wieder seetüchtig zu machen. Seufzend schob er sich die ausgeblichene blaue Schirmmütze in den Nacken und sah gedankenverloren über das Wasser. Am Horizont waren die letzten Sonnenstrahlen zu erkennen. Nicht mehr lange, und er hätte normalerweise seinen Posten auf dem Leuchtturm bezogen.

Langsam stieg der alte Mann den steilen Weg von der Anlegestelle bis zum Leuchtturm hinauf und schaute hoch. Eine Nacht wollte er zum Abschied noch dort oben verbringen nahm er sich vor und öffnete die schwere Eisentür. "Wie lange noch, und die Tür fängt an zu quietschen, weil niemand mehr da ist, der sie regelmäßig ölt?" dachte er traurig und kam sich vor, als ginge er den Weg zu seiner eigenen Hinrichtung, als er langsam die vielen Stufen hinaufstieg.

Zum letzten Mal füllte er Petroleum in die alte Lampe, zum letzten Mal stellte er den großen Spiegel ein, und zum letzten Mal setzte er sich direkt vor das Panoramafenster. Versonnen blickte er auf das Meer hinaus und fragte sich, was nun wohl aus ihm werden würde.

Inzwischen war es dunkel geworden, die See war ruhig und ein leichter Nebel hatte sich eingestellt. Die Zeit verging, und der alte Leuchtturmwärter war tief in Gedanken versunken. Sein Blick glitt immer wieder hinaus in die Dunkelheit, wo die Wasseroberfläche kaum noch wahrzunehmen war.

Plötzlich vermeinte er ein kleines Licht in weiter Ferne zu erkennen, das sich langsam näherte. Er blinzelte, da er dachte einer Sinnestäuschung zu unterliegen, doch als er erneut zu der gleichen Stelle sah, schien das Licht sogar immer größer zu werden. Er griff zu seinem Fernglas und versuchte dieses Licht einzufangen, und tatsächlich, es schien, als käme ein Schiff auf seinen Leuchtturm zu.

Aufgeregt beobachtete er weiter, und wenig später konnte er tatsächlich die Umrisse eines großen Schoners erkennen. Die Segel standen gerade im Wind, und das Schiff glitt ruhig auf den kleinen Wellen dahin. Da, jetzt drehte es ab nach Süd-West, sicher hatte es das Lichtsignal auf dem Leuchtturm gesehen. Immer noch erregt verfolgte der Leucht-turmwärter das Segelschiff weiter durch sein Fernglas, bis es im Nebel verschwunden war.

Am nächsten Morgen hielt das Postschiff pünktlich an der kleinen Insel, um den alten Mann an Bord zu nehmen. Der Kapitän wirkte sehr erstaunt, als er anstatt des Wärters nur einen Brief transportieren sollte und sagte: "Ich komme erst in vier Wochen wieder vorbei, man teilte mir mit, dass diese Station aufgelöst wird!" - "Ja, ein paar Lebensmittel sollte ich vielleicht hierbehalten, bis ich Antwort auf meinen Brief bekomme!" erwiderte der Leuchtturm-wärter mit einem verschmitzten Lächeln auf seinem runzeligen Gesicht. "Heißt das, dass der Leuchtturm vielleicht weiterhin in Betrieb bleibt?" wollte der Kapitän jetzt neugierig wissen, aber der alte Wärter zuckte nur mit den Schultern und murmelte: "Wer weiß, das ist abzuwarten!"

In den folgenden Tagen bezog der alte Mann jeden Abend pünktlich Stellung auf seinem Leuchtturm, und jeden Abend erschien der Schoner und drehte kurz bevor er die Insel erreichte nach Süd-West ab.

Vier Wochen später kam die schriftliche Antwort mit dem nächsten Postschiff, in der dem alten Mann mitgeteilt wurde, dass er unmöglich ein Schiff gesehen haben könnte, denn niemand würde diese alte Route noch benutzen. Vielleicht sei er einer Täuschung erlegen hieß es, und es wäre sicherlich das Beste für ihn, erst einmal ans Festland zu kommen. Man würde sich dann schon um ihn kümmern. "Das habe ich geahnt!" dachte der alte Wärter traurig, denn obwohl er mit dem Schlimmsten gerechnet hatte, war immer noch ein kleiner Funken Hoffnung in seinem Herzen gewesen.

An diesem Abend, das Postschiff hatte abermals die Insel ohne ihn verlassen, packte er nur das Nötigste zusammen und verstaute es in einer großen schwarzen Ledertasche. Dann schlug er wieder den Weg zum Leuchtturm ein und stellte die Tasche direkt neben die große Eisentür, bevor er die vielen Treppenstufen hinaufstieg. Wieder füllte er die Lampe mit Petroleum und rückte den großen Spiegel zurecht, ehe er sich ans Fenster setzte. Wieder sah er gedankenverloren auf die See und seufzte.

*Die Zeit verging, und der Leuchtturmwärter schaute auf seine Uhr. "Pünktlich wie jeden Abend" dachte er, als wieder das Licht auf dem Meer erschien. Als der Schoner der Insel immer näher kam, machte sich der Wärter plötzlich an der Lampe zu schaffen. In ungleichmäßigen Abständen verdunkelte er das Licht, so dass unterschiedliche Blinksignale entstanden. Dann griff er zu seinem Fernglas und beobachtete das Schiff wieder, das nun vor der Insel auf dem Meer trieb. "Es hat funktioniert!" dachte er triumphierend, bevor er sorgsam die Lampe löschte. So schnell ihn seine alten Beine ließen, eilte er die vielen Stufen hinunter und verschloss sorgsam die Eisentür. Nachdenklich blickte er noch einmal am Leuchtturm hinauf, als wolle er sich verabschieden, dann nahm er seine Tasche und wandte sich dem steilen Pfad zu, der zum Bootsanleger führte.
Schon von weitem sah er, dass der Schoner direkt vor der kleinen Bucht auf dem offenen Meer auf ihn wartete.*

Vorsichtig stieg der Leuchtturmwärter in den alten Fischerkahn und warf noch einen langen Blick zurück auf "seine" Insel, bevor er das Boot mit einem Paddel vom Ufer abstieß.

?!?!?!?!?!?!?!?!?!

Die Reise durch
eine andere Welt

Eines Tages, als ich wie jeden Morgen meinen Briefkasten öffnete, fiel mir neben etlichen Reklameblättern und mehreren Rechnungen ein besonderer Brief in die Hände. Der Umschlag war etwas zerknittert, und die darauf kunstvoll mit Tinte geschriebene Adresse fast bis zur Unleserlichkeit verblichen. Der Postbote schien ein wahres Genie zu sein, dass er diesen Brief an die erwünschte Adresse transportiert hatte. Neugierig musterte ich die Rückseite des Umschlages, aber nirgends war ein Absender zu entdecken. Kopfschüttelnd kehrte ich in meine Wohnung zurück, um mich zunächst einem ausgiebigen Frühstück zu widmen, denn das war Voraussetzung für einen erfolgreichen Arbeitstag. Nach einem Blick auf die Uhr entschied ich mich keine Zeit mehr zu verschwenden, denn der Bus fuhr bereits in 15 Minuten. Schleunigst griff ich nach meiner Arbeitstasche und verließ eiligst die Wohnung, um meinen Chef nicht gegen mich aufzubringen. Den Brief hatte ich schon längst vergessen, ich sollte erst später wieder daran erinnert werden.

Als ich gegen Abend den Mantel an der Garderobe aufhängte, fiel mein Blick auf die am Morgen liegengebliebene Post. Ach ja, richtig, die Telefonrechnung musste auch noch bezahlt werden. Seufzend griff ich nach dem Stapel Papier, der nun schon fast einen ganzen Tag auf dem kleinen Glastisch im Flur auf mich wartete, und nahm mir vor, die Briefe bei einer Tasse Kaffee in Ruhe durchzusehen.

Nachdem ich sorgfältig sämtliche Reklameschreiben beiseite gelegt hatte, fiel mir auch der sonderbare Brief wieder in die Hände. Unschlüssig drehte ich ihn in den Händen hin und her und blickte auf die kaum noch erkennbare Adresse. Das Schreiben war unzweifelhaft für mich. Schließlich überwog meine Neugier, und ich öffnete den Umschlag mit einer plötzlichen Ungeduld. Er enthielt ein weißes Blatt Papier, dessen eine Seite mit Tinte beschrieben war. Verwundert sah ich auf das Datum, das bereits 20 Jahre zurücklag. Dann begann ich zu lesen. Der handschriftliche Text war sauber und fehlerfrei erstellt worden, und mit jeder Zeile kam mir die Schrift bekannter vor. Am Ende des Briefes nun löste sich das Rätsel: Er war eine

Nachricht von meinem alten Schulfreund Peter
Harder, den ich seit bereits 30 Jahren nicht mehr
gesehen hatte. Er bat mich ihn in einem kleinen Ort
in den Alpen zu besuchen, wo er seit einiger Zeit
sesshaft geworden sei. Unterschrieben war das
Ganze mit: Dein Freund Peter, und ich musste
mehrmals lächeln, als mir einfiel, welche Streiche
wir beide früher zusammen ausgeheckt hatten.
Ganz unten links hatte Peter seine genaue Adresse
angegeben, nur eine Telefonnummer befand sich
nicht darunter. Es wäre schon wunderbar, einen
alten Freund aufzusuchen, und viele gemeinsame
Erinnerungen wieder aufleben zu lassen, überlegte
ich. Warum eigentlich nicht? Heute war Freitag, ich
hatte also ein ganzes Wochenende Zeit, um etwas
zu unternehmen. Und warum sollte ich Peter nicht
einfach überraschen, er hatte mich ja schließlich
eingeladen!
Kurzentschlossen packte ich einen kleinen Koffer
und beschloss gleich morgen früh den ersten Zug zu
nehmen. Dann begab ich mich frühzeitig ins Bett,
denn der Wecker stand auf fünf Uhr früh, und ich
wollte den sechs Uhr dreißig Zug auf keinen Fall
verpassen.
Als der Zug am anderen Morgen den Bahnhof
pünktlich verließ, hatte ich schon in einem zweiter

Klasse Abteil Platz genommen und meinen kleinen Koffer im Gepäcknetz verstaut.

So ein Wochenendausflug war doch eine tolle Idee fand ich, und lehnte mich behaglich in den bequemen Sitz zurück. Mir gegenüber hatte sich eine ältere Frau niedergelassen, die im Gegensatz zu mir zwar recht ärmlich, dafür aber sauber wirkte. Sie hatte einen kleinen Hund dabei, der artig auf ihrem Schoß saß und die ganze Zeit nur die Tasche der Frau im Auge behielt. Er schien darin Leckereien zu vermuten, die er hin und wieder zugesteckt bekam. Freundlich blinzelte die Frau mit den Augen und sah aus dem Fenster.

Der Zug hatte jetzt die Stadtgrenze passiert und fuhr aufs offene Land hinaus. Bis zum Horizont konnte man auf saftige Wiesen blicken, die nur von Getreidefeldern und vereinzelten Bauernhöfen unterbrochen wurden. "Hübsch, nicht wahr?" fragte plötzlich die Frau, während sie ihrem Hund wohl das mittlerweile sechste Leckerlie zusteckte. "Ja, die Landschaft ist recht schön!" antwortete ich höflich, schwieg dann aber wieder. "Wir fahren zu meiner Schwester, der kleine Raudi und ich" sagte sie nun, wobei sie dem Hündchen über das Fell streichelte. "Wohin fahren Sie? Wenn ich das fragen darf!" fuhr sie fort und musterte mich plötzlich neugierig.

"Ich besuche einen alten Schulfreund" gab ich bereitwillig Auskunft und sah fasziniert auf die an uns vorbeihuschende Landschaft. "Wo wohnt denn Ihr Freund?" fragte sie zurück, und ich antwortete: "In den Alpen" und nannte ihr den Namen des kleinen Dorfes. "Dann fahren wir ja fast die ganze Strecke gemeinsam!" freute sich die Frau und kraulte den Hund begeistert hinter den kleinen braunen Ohren. "Wir steigen nämlich erst zwei Stationen vor Ihnen aus, nicht wahr Raudi?" fügte sie hinzu und lächelte. Ich schwieg wiederum, denn ich wollte das Geplapper der zwar freundlichen, aber anscheinend recht redseligen Frau nicht weiter fördern und vertiefte mich in eine Zeitung, die ich morgens am Bahnhof gekauft hatte.

Einige Zeit herrschte nun Ruhe, bis zwischendurch der Schaffner erschien, und sich nach unseren Fahrscheinen erkundigte. Danach machten wir einen kurzen Zwischenstopp an einem kleinen Bahnhof, und die Frau verschwand für einige Minuten, um mit ihrem Hund Gassi zu gehen.

Als draußen ein lauter Pfiff ertönte, erschien sie aufgeregt und nach Luft schnappend und sagte japsend: "Das ist gerade noch einmal gut gegangen. Raudi hat jedesmal das Problem sich für eine bestimmte Stelle zu entscheiden, um das Beinchen zu heben. Heute brauchte er besonders *lange, bis er sich endlich für ein Stuhlbein auf dem Bahnsteig entschließen konnte!" Ich behielt mir vor, dass ein Stuhlbein mit Sicherheit nicht der richtige Ort für einen Hund ist, sein Geschäft zu verrichten, sagte aber nichts. So wie es aussah, war mir die Gesellschaft dieser Frau sammt ihrem Hund noch einige Stunden gewiss. Ich wollte sie mir nicht zum Feind machen. Außerdem war es mir im Grunde auch völlig egal, wo dieser "Raudi" sein Beinchen letztendlich hob, es sei denn, diese Entscheidung würde mich persönlich betreffen.*

Mitten in meine Gedanken ertönte erneut ein schriller Pfiff, und der Zug setzte sich wieder in Bewegung. Das gleichmäßige Geräusch wirkte langsam einschläfernd, und so lehnte ich mich zurück, um für ein Weilchen die Augen zu schließen. Die ältliche Frau schlief bereits seit einiger Zeit, ihr Kopf war weit zurückgelegt, und der Mund stand etwas offen. Ein leises Schnaufen bestätigte, dass sie sich irgendwo in den entferntesten Träumen befand. Der Hund hatte seinen Kopf zutraulich auf ihr Knie gelegt und blinzelte ebenfalls mit den Augen. Und so lehnte auch ich mich zurück und entschied etwas zu schlummern.

Als ich wieder erwachte vernahm ich ein lautes Rascheln und öffnete die Augen. Die Frau war gerade dabei eine Kekstüte zu öffnen, und auch der kleine Hund half eifrig mit und zerrte an der Verpackung. Die Frau schob sich mehrere Kekse auf einmal in den Mund, dann bekam der kleine Hund seinen Anteil. "Möchten Sie auch?" fragte sie nun mich mit vollem Mund und hielt mir die zerfledderte Tüte unter die Nase. "Nein danke!" winkte ich ab, "Ich habe im Moment keinen Appetit, vielen Dank!" - "Na komm Raudi, dann bekommst du noch ein paar" sagte die Frau und reichte dem Hund mehrere Kekse. Dieser verspeiste das Gebäck mit lautem Schmatzen, er schien ein wahrer Keksliebhaber zu sein!

Gelangweilt sah ich wieder aus dem Fenster. Dann beschloss ich festzustellen, an welchem Ort wir uns zur Zeit befanden. Umständlich kramte ich eine Karte aus meiner Manteltasche und breitete sie vor mir aus. "Entschuldigung," sprach ich jetzt meinerseits die Frau an. "wissen Sie vielleicht, wo wir uns in etwa zur Zeit befinden?" fragte ich sie. "Tut mir leid, da habe ich nicht drauf geachtet!" sagte die Frau und zuckte gleichgültig mit den Schultern. Da sie mir also auch nicht weiter helfen konnte, sah ich nun angestrengt aus dem Fenster, um irgendein Ortsschild zu erspähen. Daran könnte ich mich vielleicht orientieren. Als wir schließlich an einem kleinen Bahnhof hielten, stellte ich fest, dass es nur *noch wenige Kilometer bis zum ersten Tunnel waren. Der Zug würde mehrere Tunnel passieren, ehe ich mein Ziel erreicht hätte, doch der erste Tunnel war der längste. Aufgeregt ging ich auf den Gang hinaus und vertrat mir etwas die Beine. Dann blickte ich neugierig aus dem Fenster. Es war immer wieder ein eigenartiges Gefühl in die Dunkelheit hineinzufahren. Plötzlich entdeckte ich in weiter Ferne einen dunklen Punkt. Das musste die Einfahrt zum ersten Tunnel sein. Ich entschied mich im Gang stehen zu bleiben, um in aller Ruhe die Fahrt genießen zu können. Das Geschwätz der älteren Frau würde ich sowieso noch einige Zeit ertragen müssen.*

Der schwarze Punkt wurde immer größer, der Zug näherte sich unaufhaltsam dem Eingang des langen Tunnels. Gespannt starrte ich aus dem Fenster. Schließlich hatte der Zug die Felswand erreicht und nahm seinen weiteren Weg in die Dunkelheit. Ich öffnete ein Fenster, um den gleichmäßigen Geräuschen der Räder besser lauschen zu können, die im Berg wiederhallten. Ein dumpfer Geruch strömte durch den Fensterspalt herein, und die Felswände des Tunnels schienen zum Greifen nah. Fasziniert beobachtete ich die Schatten, die durch das spärliche Licht des Zuges erzeugt wurden. Der Luftzug durch das Fenster wurde kalt und feucht,

und ich fand es besser, es wieder zu schließen.
Dennoch verharrte ich im Gang, denn die Eindrücke
der Dunkelheit wirkten auf mich stärker, wenn ich
alleine war. Der Tunnel schien kein Ende zu nehmen,
noch immer konnte ich nirgends ein helles Licht
entdecken.

Auf einmal bemerkte ich, dass die Fahrgeräusche
des Zuges leiser wurden, doch ich maß dem weiter
keine Bedeutung zu. Meine Gedanken schweiften in
die Ferne. Was Peter wohl mittlerweile machen
würde, wie er wohl aussah? Wir hatten uns seit der
Schulzeit nicht wieder getroffen, ein paar Briefe in
den ersten Jahren, und dann war der Kontakt völlig
abgebrochen. Vielleicht war er inzwischen verhei-
ratet, hatte Familie? Ja, ganz sicher hatte er eine
Familie. Die wenigsten fristeten ihr Leben so einsam
wie ich. Ach was, ich hatte einfach den richtigen
Zeitpunkt verpasst eine ordentliche Frau kennen-
zulernen. Und jetzt füllte mich meine Arbeit so aus,
dass ich im Grunde nichts vermisste. Aber warum
war das Datum auf Peters Brief schon zwanzig Jahre
alt? Darüber hatte ich mir vorher noch gar keine
Gedanken gemacht. Vielleicht wohnte er gar nicht
mehr unter der dort angegebenen Adresse? Auch
egal, dann würde ich mir eben ein schönes
Wochenende machen und in einer kleinen Pension
übernachten.

Inzwischen rückte das Ende des Tunnels näher, und eine helle Öffnung kam in Sicht. Plötzlich durchflutete gleißendes Licht den Zug, und ich schloss einen Moment die Augen. Nach der langen Dunkelheit war ich zunächst völlig geblendet! Vorsichtig blinzelte ich dann aus dem Fenster und erblickte schemenhaft eine herrliche Landschaft mit hübschen Bauernhäusern und grünen Wiesen, auf denen ich Kühe erkannte.

Ich ging zurück in mein Abteil und setzte mich wieder ans Fenster. Die Frau mir gegenüber schlief immer noch tief und fest. Auch der kleine Hund, der nun wieder ganz auf dem Schoß der Frau lag, regte sich nicht. Es herrschte eine fast unheimliche Stille, doch das war mir ganz recht. So konnte ich ungestört meinen Gedanken nachhängen. Ich blickte aus dem Fenster. Der Himmel war strahlendblau, und kein Lüftchen regte sich. Die Landschaft wirkte wie gemalt, aber irgendwie auch tot. Die Kühe auf den Wiesen standen regungslos, kein Vogel war zu sehen, und kein Auto fuhr auf der Landstraße, die neben der Bahnschiene herführte. Alles wirkte so unwirklich, doch das schob ich darauf, dass sich meine Wahrnehmung nach dem langen Tunnel sicher etwas verändert hatte.

Jetzt näherte sich der Zug wiederum einem kleinen Dorf, dessen Kirchturmspitze schon von weitem zu sehen war. Abermals hielt ich Ausschau nach Leben, doch auch das Dorf wirkte wie ausgestorben. Endlich fuhr der Zug in den Bahnhof ein. Ich starrte aus dem Fenster und glaubte meinen Augen nicht zu trauen. Auf dem Bahnsteig standen wohl an die hundert Menschen, die anscheinend auf einen Zug warteten. Doch sie standen eben einfach nur so da! Niemand bewegte sich, keine Regung war zu erkennen. Der Zug hielt und ich zog das Fenster herunter, um besser sehen zu können. Bewegungslos verharrten die Menschen auf dem Bahnsteig, als wären sie eingefroren. Es war kein Geräusch, keine Stimme zu vernehmen, auch die Türen des Zuges wurden nicht geöffnet. Nach etwa zwei Minuten begann der Zug seine Fahrt fortzusetzen und ließ die leblose Menschenmenge hinter sich. Grübelnd betrachtete ich nun die ältere Frau und ihren Hund, die ebenfalls still in ihrer Stellung verharrten. Vorsichtig stubste ich zuerst den kleinen Hund, dann die Frau an, doch nichts passierte. War ihnen etwa ein Unglück zugestoßen, während ich mich im Gang befunden hatte? Ich fasste die Frau am Handgelenk, um nach ihrem Puls zu fühlen, doch der Arm war kalt und eigenartig hart. Es war, als berühre man einen leblosen Gegenstand. Erschreckt sprang ich auf und hastete durch den Gang. Nacheinander riss ich sämtliche

Türen der Zugabteile auf, um mich zu vergewissern, dass sich außer mir noch andere lebende Menschen im Zug befanden, doch überall erwartete mich das gleiche. Harte leblose Körper, die aussahen, als seien sie inmitten einer bestimmten Bewegung einfach erstarrt.

Hastig eilte ich durch den Gang in Richtung Zugführer. Vielleicht konnte er mir erklären, was hier passiert war. Aufgeregt, die Nerven bis zum Reißen gespannt erreichte ich die Lokomotive und öffnete die Tür. Der Zugführer stand ruhig hinter seinem Pult mit dem Rücken zu mir. Lansam näherte ich mich dem Mann und trat an seine Seite. Sein Gesicht war unbeweglich, und er schien konzentriert auf die vor uns liegende Strecke zu blicken. Krampfhaft umklammerte er die Steuerung des Zuges und stand regungslos da. Ich sparte mir jegliche Worte, denn der gute Mann schien sich in dem gleichen unglückseligen Zustand zu befinden, wie auch alle anderen Mitfahrenden außer mir.

Ratlos blieb ich neben dem Zugführer stehen und glaubte mich in einem seltsamen Traum zu befinden. Der Zug meisterte seine Strecke allerdings vorbildlich, und so beruhigte ich mich langsam wieder. Vor uns tauchten jetzt die ersten Ausläufer der Alpen auf. An den Gipfeln der Gebirge waren große weiße Flächen zu erkennen, und ich war mir sicher, dass diese Schneefelder ewig waren. Fasziniert schaute ich zu einem Gebirgsmassiv hinauf, auf das wir geradewegs zusteuerten, und plötzlich sah ich, dass sich dort oben irgend etwas bewegte. Schnell rannte ich in mein Abteil zurück, um das Fernglas zu holen. Meine Mitreisende und ihr Hund ruhten unverändert auf den roten Polstern, doch ich schenkte ihnen kaum einen Blick und eilte zurück zur Lokomotive. Inzwischen hatte der Zug eine beträchtliche Strecke zurückgelegt, und es dauerte etwas, bis ich mein Ziel durch das Fernglas gefunden hatte. Da, jetzt erblickte ich etwas Bewegliches am Hang des Berges. Es war eine Seilbahn mit gelben Kabinen, die stetig am Gebirge hinauf und herunter kletterte. Allerdings konnte ich nicht sehen, wer sich in den einzelnen Kabinen befand. Die Entfernung war einfach zu groß. Trotzdem atmete ich zunächst einmal auf. Nun blickte ich suchend über die übrige Landschaft, um nach weiterem Leben Ausschau zu halten. In weiter Ferne sah ich links von der Bahnstrecke etwas Blaues. Hastig griff ich erneut zum Fernglas. Tatsächlich, dort befand sich unzweifelhaft ein See, auf dem mehrere kleine Segelschiffe schwammen. Ich beobachtete sie immer noch durch das Glas, als es plötzlich wieder stockdunkel um mich herum wurde . Sicherlich hatte der Zug einen weiteren

Tunnel erreicht. Doch genauso schnell, wie es dunkel geworden war, schien plötzlich wieder das helle Licht durch die Fenster der Lokomotive. Dieser Tunnel war erheblich kürzer gewesen als der erste. Geblendet hielt ich mir die Hände vor die Augen, als mir eine Idee kam. Der missliche Zustand, in dem sich sämtliche Mitreisenden befanden, war direkt nach dem Durchfahren des ersten Tunnels eingetreten. Vielleicht hatte sich durch den zweiten Tunnel eine Änderung zugetragen. Erwartungsvoll trat ich erneut direkt neben den Zugführer. Doch enttäuscht musste ich erkennen, dass der arme Mann noch genauso steif und starr die Steuerung des Zuges umklammert hielt, wie vorher. Ratlos trat ich von einem Bein auf das andere, dann entschloss ich mich im nächsten Ort, wo der Zug laut Plan eine längere Pause einlegen würde, den Bahnsteig kurz zu verlassen, um mich etwas umzusehen. Bis dahin konnte ich getrost wieder in meinem Abteil Platz nehmen, um sicherheitshalber noch einen Blick in den Zugfahrplan zu werfen. Also setzte ich mich erneut auf meinen Fensterplatz und betrachtete meine Gegenüber mit gemischten Gefühlen. Die Frau und der Hund hatten sich noch nicht wieder bewegt. Die Kekstüte lag immer noch halb entleert auf dem roten Polster, und kein Geräusch war zu vernehmen. Ich zwang mich aus dem Fenster zu sehen, um den nächsten Bahnhof rechtzeitig zu bemerken. Laut Fahrplan würden wir in etwa einer Viertelstunde eintreffen, und der Zug würde etwa eine Stunde Aufenthalt haben. Das war genug Zeit, um einen kleinen Ausflug zu unternehmen. Und da waren auch schon die ersten Häuser zu sehen. Der Zug verlangsamte seine Fahrt etwas, bevor er in den Bahnhof einfuhr. Eilig nahm ich meinen kleinen Koffer, man konnte ja nie wissen, und verließ den Zug.

Der Bahnsteig war wie leer gefegt. Auf einer weit entfernten Bank saß ein Liebespärchen, und eine alte Dame hatte auf einer kleinen Holzbank Platz genommen. Unauffällig beobachtete ich die drei anderen Anwesenden, konnte allerdings nicht die kleinste Regung ihrerseits erkennen. Neugierig betrat ich nun die Bahnhofshalle, über deren großer Glastür eine Uhr angebracht war. Ich warf einen Blick auf meine Armbanduhr: Die Zeit stimmte exakt überein!

An den Fahrkartenschaltern standen einige Leute Schlange und schienen geduldig darauf zu warten, an die Reihe zu kommen. "Da könnt ihr wohl lange warten!" dachte ich bedrückt und fühlte mich wie in einem Dornröschenschlaf. Denn auch hier bewegte sich nichts und niemand, auch hier hatte jemand

die Zeit angehalten, abgesehen von der Bahn-
hofsuhr.

Nachdem ich die Halle mit großen Schritten
durchquert hatte, verließ ich den Bahnhof und stand
mitten auf einem großen Platz, der von mehreren
Taxen bevölkert war. Eigenartigerweise befanden
sich weder in den Taxen, noch in weiteren PKWs, die
hier parkten, Personen. Ich überquerte den Platz
und befand mich bald darauf vor einer
Ampelanlage, die allerdings zu funktionieren
schien. Nur waren keine Autos auf den Straßen, die
die Ampelsignale beachten konnten. Kopfschüttelnd ging ich weiter, bis ich ein hübsches
Gasthaus erreichte. Über dem Eingang hing eine
Leuchtwerbung, die auf den Namen des Hauses
hinwies. "Zum silbernen Schwan" stand dort
geschrieben, und das Licht wechselte zwischen
weiß und gelb.

Inzwischen war es draußen etwas dunkler
geworden, und in mehreren Häusern gingen die
Lichter an. Auch die Straßenlaternen erleuchteten
alles ringsherum fast taghell. Zögernd ging ich auf
das Gasthaus "Zum silbernen Schwan" zu und
drückte auf die Türklinke. Da sich die Tür nicht
öffnen ließ, hielt ich Ausschau nach einem Schild,
welches Aufschluss über eventuelle Öffnungszeiten
des Hauses geben könnte. Doch nicht einmal ein

Speisekartenkasten oder Ähnliches war zu finden. In der Hoffnung etwas zu sehen, drückte ich meine Nase an einer Fensterscheibe platt. Vielleicht hingen ja von innen dichte Gardinen vor den Fenstern, auf alle Fälle war es mir unmöglich, irgendetwas zu erkennen. Unschlüssig drehte ich mich herum und betrachtete die wie ausgestorben wirkende Straße. Dort hinten, da schien eine Gruppe Menschen zu stehen. Ich hastete über die Straße, ohne auf die Ampel zu achten und steuerte auf die Menschen zu. Einige Meter vor der Gruppe hielt ich an, denn mir wurde klar, dass ich auch dort wieder nur bewegungslose Personen antreffen würde, die mir in keiner Weise weiterhelfen könnten. Resigniert beschloss ich nach einem Blick auf die Armbanduhr wieder zum Bahnhof zurückzukehren. Mein Zug würde in voraussichtlich sieben Minuten weiterfahren. Schnell lief ich durch die Bahnhofshalle, als aus mehreren Lautsprechern eine Durchsage erklang: "Der Zug auf Bahnsteig drei verlässt in drei Minuten den Bahnhof, um seine Fahrt fortzusetzen! Ich wiederhole: Der Zug auf Bahnsteig drei..." Völlig außer Puste, den Koffer fest unter den Arm geklemmt erreichte ich mein Abteil gerade noch rechtzeitig. Erschöpft ließ ich mich auf meinen Platz fallen, als der Zug sich schon längst in Bewegung gesetzt hatte . "Das war wirklich eine

eigenartige Ansage!" schoss es mir durch den Kopf.
Nicht einmal: "Vorsicht an der Bahnsteigkante!" oder
Ähnliches, und kein Wort davon wohin der Zug fuhr!

Draußen war in der Dunkelheit nicht mehr viel zu
erkennen. Hin und wieder sah man weit entfernt
Lichter, die zu kleinen Dörfern zu gehören schienen.
Dann folgte wieder ein Tunnel, und es wurde
stockfinster.
Plötzlich hielt der Zug an einem Signal. Kurz darauf
fuhr ein anderer Zug direkt an uns vorbei. Hinter den
beleuchteten Fenstern saßen mehrere Reisende,
deren Gesichter allerdings aufgrund der
Geschwindigkeit vor meinen Augen verschwommen. Als auch der letzte Wagon im Dunkel
verschwunden war, sprang das Haltesignal von rot
auf grün, und die Fahrt ging weiter. Es folgten noch
mehrere Tunnel, es kamen uns noch einige
beleuchtete Züge entgegen, und noch immer
saßen die Frau und der Hund mir unverändert
gegenüber.
Laut meiner Karte folgte jetzt ein langer Tunnel , und
dann würden wir den Ort erreichen, an dem die
Frau mit ihrem Hund den Zug verlassen wollte.
Erwartungsvoll trat ich wieder in den Gang, in der
Hoffnung damit etwas bewirken zu können. Auch
heute morgen hatte ich während der Fahrt durch

den ersten Tunnel im Gang gestanden, und in dieser Zeit hatte sich alles verändert! Also stellte ich mich an ein Fenster und blickte hinaus in die Dunkelheit. Hin und wieder waren mehrere Lichter zu sehen, sie kamen scheinbar aus kleinen Dörfern, die hoch oben in den Bergen lagen. Und dann fuhren wir in den langen Tunnel ein. Wieder öffnete ich das Fenster, um dem Geräusch der Räder auf den Schienen zu lauschen, und wieder atmete ich den dumpfen feuchten Geruch ein. Auf einmal wurde das Geräusch der Räder lauter, es hallte immer stärker von den Felswänden zurück. Wegen der einströmenden Kälte schloss ich das Fenster bald und wartete gespannt auf die Ausfahrt des Tunnels. Schemenhaft erkannte ich vor uns einen dämmerigen Punkt, der immer näher kam. Und dann waren am Himmel plötzlich tausend Sterne zu sehen, und der Mond verbreitete ein angenehmes helles Licht. Neugierig begab ich mich zurück in mein Abteil, wo ich schon mit den Worten empfangen wurde: "Schade, ich muss sie leider gleich verlassen! Dabei haben wir uns so hübsch unterhalten! Hier Raudi, du kannst den letzten Keks ruhig haben, wir steigen sowieso gleich aus!" Die Frau hatte bereits ihre Sachen zusammengesucht und versuchte jetzt umständlich in ihren Mantel zu schlüpfen, wobei sie die Hundeleine ungeschickt von einer Hand in die andere wechselte. Völlig verdutzt hielt ich den Mantel um ihr zu helfen und sagte: "Haben Sie gut geschlafen, gnädige Frau?" "Ich und geschlafen? Hör dir das an Raudi, wir haben uns doch die ganze Zeit über köstlich amüsiert!" Nun schwieg ich, denn die Frau hatte scheinbar überhaupt nicht mitbekommen, was mit ihr passiert war. Oder war vielleicht etwas mit mir passiert? Ich hatte keine Ahnung. Unsicher wünschte ich ihr alles Gute, als sie am nächsten Bahnhof den Zug verließ, den kleinen Hund hinter sich herziehend.

Nun hatte auch ich bald mein Ziel erreicht. Frohen Mutes, die unheimlichen Gedanken hinter mir lassend, suchte ich meine Habseligkeiten zusammen und erwartete gespannt die Ankunft in der nächsten Ortschaft, denn dort musste ich aussteigen. Pünktlich stand ich dann auf dem Bahnsteig und ging in Richtung Bahnhofshalle, um nach einem Taxi Ausschau zu halten.

In der Halle herrschte reger Betrieb. Ein Blumenverkäufer bot lauthals seine Waren an: "Frische Rosen, zehn Stück für fünf Mark! Frische Rosen! Bitte der Herr, heute besonders günstig! Wer möchte noch? Frische Rosen!" Lächelnd ging ich an dem Verkäufer vorbei. Ein Strauß roter Rosen wäre als Geschenk für meinen Freund Peter vielleicht doch etwas unpassend. Rote Rosen waren doch im Grunde nur etwas für Verliebte! Aber ein kleines Mitbringsel wäre nicht schlecht. Ich überlegte, womit ich Peter eine Freude machen könnte und sah mich suchend um. Zögernd trat ich dann an einen Zeitungsstand. "Sie wünschen?" fragte die Verkäuferin und starrte mich unverwandt an. "Ich weiß noch nicht so recht!" antwortete ich unschlüssig. "Vielleicht ein interessantes Taschenbuch" murmelte ich während ich die Auslagen ausgiebig musterte. "Für welche Altersgruppe soll das Buch sein?" fragte die Verkäuferin und begann emsig in einem Stapel Taschenbücher zu wühlen. "Es sollte ein kleines Geschenk für einen Mann in meinem Alter sein" sagte ich und wartete. "Hier, wie wäre es mit einem Krimi?" die Frau hielt mir ein Exemplar vor die Nase. "Ist er spannend?" fragte ich sie. "Keine Ahnung, ich hab`s selber noch nicht gelesen, aber der Autor ist nicht schlecht" antwortete sie schulterzuckend. Ich nahm das Buch in die Hände und las die Hinweise auf der Rückseite. "Der Geisterzug!" sagte ich jetzt laut. "Das ist ja ein interessanter Titel! Wissen Sie" fuhr ich fort, "wovon dieses Buch handelt?" - "Keine Ahnung!" bekam ich als Antwort. "Von einem Zug, der durch ein Land fährt , in dem die Zeit stehengeblieben ist ! " fast hysterisch steigerte sich meine Stimme in eine hohe schrille Tonlage, dann begann ich zu lachen. "Das Buch ist gekauft!" prustete ich der schockierten Frau entgegen, "das ist genau das Richtige!" und wieder fing ich hemmungslos an zu kichern. Die Verkäuferin, die wohl langsam dachte, sie hätte es mit einem Verrückten zu tun, verpackte das Buch in Windeseile, um mich möglichst schnell loszuwerden. Ich versuchte mich zu beruhigen, doch ich hatte keine Macht mehr über meinen Körper. Die Tränen rannen mir über die Wangen, als ich mühsam "vielen Dank gnädige Frau" zwischen den zusammengepressten Lippen herausbrachte, bevor mich erneut ein Lachkrampf überkam. "Ich stehe kurz vor einem Nervenzusammenbruch!" ging es mir durch den Kopf, als ich mich von dem Verkaufsstand entfernte. Aber anstatt nachdenklich zu werden, veranlasste mich dieser Gedanke nur wiederum in lautes Gelächter auszubrechen. Viele der anwesenden Leute betrachteten mich befremdet, was mich allerdings überhaupt nicht daran hinderte, meinem im Moment so übermächtigen Bedürfnis nachzukommen.

Schnell eilte ich quer durch die Halle dem Ausgang zu, um nicht noch mehr Aufsehen zu erregen. Aufatmend trat ich durch die Tür ins Freie und holte tief Luft, um mich etwas zu beruhigen. Da fiel mein

Blick auf eine überlebensgroße Statue aus Fiberglas, die wohl "irgend ein Künstler" der Stadt zur Verfügung gestellt hatte, und die nun auf dem großen Platz vor dem Bahnhof stand. In diesem Moment dachte ich vom Schlag getroffen zu werden: Vor mir saß in einem roten Sessel meine ältliche Mitreisende aus dem Zug, das kleine Hündchen auf dem Schoß. Den Kopf nach hinten gelegt, den Mund leicht geöffnet schien sie selig zu schlafen. "Jetzt werde ich wirklich verrückt" dachte ich und starrte fassungslos auf das Kunstwerk, das mich wirklich langsam an meinem Verstand zweifeln ließ. Unsicher warf ich dann einen Blick auf das rege Treiben, welches auf dem Vorplatz des Bahnhofes stattfand.

Eine Schulklasse näherte sich lachend und tratschend dem Eingang, und gerade trafen drei Busse ein, die jede Menge Menschen ausspuckten. Nun wandte ich den Blick wieder nach links, wo sich nach wie vor die Statue befand, die von kaum einer Person außer mir so eingehend betrachtet wurde. Vorsichtig fasste ich an den Arm der Frau, der sich hart und kalt anfühlte! Wieder kitzelte mich das Lachen im Hals, und ich entschied mich, bevor der nächste Lachkrampf ausbrach, schnell auf das erstbeste Taxi zuzusteuern.

Der Fahrer war ein junger mürrischer Kerl der gleich, nachdem ich ihm Peters Adresse unter die Nase gehalten hatte, den Motor anließ und wortlos losfuhr. Ebenfalls schweigend saß ich auf dem Rücksitz, mein Köfferchen fest umklammert und versuchte meine Gedanken zu sortieren. Am besten ich dachte gar nicht mehr an die eigenartigen Vorfälle, denn wenn ich mich weiter in diese unglückselige Geschichte hineinsteigern würde, endete ich vielleicht tatsächlich eines Tages in der Klapsmühle. Angestrengt überlegte ich, ob vielleicht in meiner Familie jemand an einer psychischen Störung leide, und ob ich damit vorbelastet sei. Doch mir fiel niemand ein, und so sah ich einfach aus dem Fenster, um mich wieder etwas zu beruhigen.

Nach einer halben Stunde erreichten wir ein hübsches im bäuerlichen Stil erbautes Haus, das nach Angabe des Taxifahrers die gewünschte Adresse war. Einsilbig nannte er den Fahrpreis, und ich zückte meine Geldbörse, um ihn zu bezahlen. Den Koffer unter dem Arm, das hübsch verpackte Taschenbuch in der Hand schritt ich auf den Hauseingang zu. Tatsächlich, auf dem Klingelschild stand "Familie Peter Harder". Peter hatte sich im Gegensatz zu mir also tatsächlich eine Frau und wahrscheinlich auch Kinder zugelegt. Denn vor dem Haus standen zwei Kinderfahrräder und ein Puppenwagen. Mutig drückte ich jetzt auf den messingfarbenen Klingelknopf und ein lautes schrilles Geräusch drang durchs Haus. Dann öffnete sich die Tür.

Vor mir stand ein großer stattlicher Mann mit einem Vollbart, der schon mit etwas Grau durchzogen war. Auf dem Kopf hatte sich das Haar bereits etwas gelichtet, und auf der Nase saß eine Brille mit einem dicken schwarzen Rand. Der Mann trug lederne Kniebundhosen und ein rot-weiß kariertes Hemd, genau so stellte man sich einen Alpenbewohner immer vor, wenn man aus der modernen Großstadt kam.

"Peter?" fragte ich zögernd. "Johannes?" fragte der Mann, und schon wurde ich an eine breite kräftige Brust gedrückt, so dass ich dachte mir bliebe die Luft weg. "Wie kommst du denn hierher?" fragte Peter mit seiner tiefen brummigen Stimme, während ich immer noch bemüht war, mich aus seiner starken Umarmung zu befreien. "Du hast mich doch eingeladen!" antwortete ich lächelnd, als ich endlich wieder auf eigenen Füßen stand. Peter sah fragend auf mich herab. "Der Brief!" fügte ich erklärend hinzu und spähte an ihm vorbei in die

Wohnung, aus der mittlerweile helles Kinderlachen zu hören war. "Der Brief?" grübelte Peter, sagte dann aber: "Komm erst mal herein, ob mit oder ohne Brief, du bist uns herzlich willkommen!" und damit schob er mich weiter in den Hausflur.
Kurz darauf hatte ich dann seine ganze Familie kennengelernt. Seine Frau hieß Ulla und war eine stämmige sehr freundliche Person mit roten Bäckchen im Gesicht. Die Kinder Ursel und Ferdi verabschiedeten sich bald, um in den Garten zu gehen, und so saßen Peter, seine Frau Ulla und ich etwas später vor einer herrlichen duftenden Tasse voll dampfendem Kaffee und selbstgebackenem Apfelkuchen. "Was für einen Brief meintest du vorhin eigentlich?" fragte Peter nun und zog gemütlich an einer dicken Zigarre. Ich durchsuchte meinen Koffer, aber der Brief war einfach nicht auffindbar. "Vielleicht habe ich ihn doch zuhause liegengelassen!" erwiderte ich entschuldigend, während ich mir sicher war, ihn eingepackt zu haben. "Ist ja auch egal" meinte Peter gleichgültig. "Hauptsache du bist hier, und wir sehen uns endlich wieder! Für wie lange kannst du bleiben?" fragte er dann. "Das ganze Wochenende" antwortete ich, froh dass niemand mehr von dem Brief sprach. "Wir haben ein Gästezimmer, gleich unter dem Dach" erwähnte Ulla, "es ist zwar nicht sehr groß..." - "und

wird von mir ansonsten als Hobbyraum genutzt"
fügte Peter hinzu. "Nach dem Kaffee gehen wir
hinauf, und du kannst dich erst einmal einrichten." In
diesem Moment fiel mir das Taschenbuch wieder
ein, das ich zunächst auf meinen Koffer gelegt und
dann vergessen hatte. Schnell gab ich es Peter und
murmelte eine Entschuldigung. Er plazierte das
eingepackte Geschenk fürsorglich auf einer
Anrichte mit den Worten: "Ich liebe Über-
raschungen, daher lasse ich mir jedesmal sehr viel
Zeit mit dem Auspacken!" Daraufhin erwiderte ich
etwas beschämt: "Es ist wirklich nichts besonderes,
aber es war schwer nach so langer Zeit ein
Mitbringsel auszusuchen!" - "Das schönste Geschenk ist dein Besuch für uns!" sagte Peter
daraufhin liebenswürdig, und ich blickte ihn
dankbar an.
Wir plauderten noch einige Zeit von unseren
Jugenstreichen, und ich lobte mehrmals den
wirklich köstlichen selbstgebackenen Apfelstrudel.
Anschließend stiegen wir eine schmale Holztreppe
hinauf, die auf den Dachboden führte. Peter öffnete
die Tür zu einem kleinen gemütlichen Raum, der
komplett mit Holz vertäfelt war und eine wohlige
Wärme ausstrahlte.
Neugierig musterte ich das Zimmer. Unter der
Dachschräge sah ich ein rustikales Bett , an dem

sich Ulla gerade mit bunter Bettwäsche zu schaffen machte, gegenüber stand ein hübsch bemalter Bauernschrank. Ein Teil des Raumes wurde durch einen beige-farbenen Vorhang abgeteilt, was mochte sich wohl dahinter verbergen? Ich wurde nicht lange auf die Folter gespannt. Stolz zog Peter den Vorhang beiseite und sagte: "Dies hier; dies hier Johannes ist mein ganzer Stolz!" Langsam trat ich näher. Hinter dem Vorhang befand sich eine große Platte, auf der eine wunderschöne Landschaft aufgebaut war. Schneebedeckte Berge und tiefe Täler mit kleinen Dörfern waren liebevoll zusammengesetzt worden, so dass ein naturgetreues Abbild der Alpen entstand. Eine kleine Seilbahn mit gelben Kabinen kletterte emsig das Gebirgsmassiv hinauf und herunter, und daneben lag ein See, auf dem mehrere Segelboote schwammen. Durch die Berge führten verschiedene Tunnel, und die ganze Landschaft war durchzogen von Eisenbahnschienen. Mehrere Züge fuhren auf den Schienen, hielten an Bahnhöfen und Haltesignalen, wie im richtigen Leben. Auf den Straßen befanden sich kleine Plastikautos und die Menschen, die das Bild abrundeten und überall verteilt standen, waren ebenfalls aus Kunststoff. Schräg gegenüber von einem kleinen Bahnhof in einer der Ortschaften sah ich ein hübsches Gasthaus.

Ich beugte mich etwas hinunter, um die Leucht-schrift über dem Eingang zu entziffern. Abwechselnd gelb und weiß blinkte der Name, und ich las: "Zum silbernen Schwan!"
Wie durch einen Schleier blickte ich nun auf grüne Wiesen, die mit Kühen bestückt waren, und auf die Lichter, die in den Modellhäusern brannten. Mir wurde schwarz vor Augen, und ich bemerkte nicht mehr, wie ich Peters in so mühevoller Kleinarbeit gefertigte wunderschöne Alpenlandschaft unter meinem Körper begrub.

?!?!?!?!?!?!?!?!?!?!

Kirmesvergnügen

Der Tag war trübe, und ein leichter Nieselregen fiel vom Himmel herab. Es war fast windstill, die Feuchtigkeit hing schwer in der Luft. Die Straßen wirkten wie leergefegt, die großen Trabantenstädte ragten grau in den Himmel hinein.

Vor einem der tristen Hochhäuser, die viele Familien beherbergten, befand sich eine Gruppe Jugendlicher. Lustlos hingen sie auf den vom Stadtrat aufgestellten Bänken herum und langweilten sich. Es waren zwei Mädchen und drei Jungen. Eines der Mädchen, das eine schwarze Ledermütze trug, stieß genervt eine zerbeulte Coladose mit dem Fuß hin und her. Polternd kullerte die Dose über die gepflasterte Hoffläche, bevor sie mit einem "Boing" an eine andere leere Getränkedose stieß.

"Ich halte das nicht mehr aus!" maulte das Mädchen und schob sich die Mütze in den Nacken. "Hör auf zu stöhnen Meg, was haste denn überhaupt?" fragte das andere Mädchen, das rote kurzgeschorene Haare trug und im Gesicht haufenweise Sommersprossen hatte. "Ist doch wenigstens nicht mehr so kalt draußen wie letzte

Woche, als wir uns den ganzen Tag im Keller rum-
drücken mußten!"

"Ach lass man Fredie, die beruhigt sich schon
wieder, die hat ja selber keine Idee, was man sonst
machen könnte!" mischte sich nun ein kleiner
pummeliger Junge ein, der bisher damit beschäftigt
war teilnahmslos auf den Boden zu starren.

"Hab ich wohl!" meldete sich Meg und warf
herausfordernd den Kopf zurück.

"Was haste denn für ne Idee?" fragte der
Pummelige, den alle Eddi nannten.

"Wirste schon sehen, musst nur ein bisschen Kohle
lockermachen" sagte Meg und streckte die Hand
aus.

"Ich? Woher soll ich den Kohle haben?" fragte Eddi
und grinste. "Und wofür denn eigentlich, hä?"

"Sag ich nicht! Entweder ihr macht mit, oder..."

"Oder was?" fragte Ken, ein langer dünner Bursche
mit hellblondem Haar und einer schwarzen
Lederjacke.

"Oder..." Meg holte tief Luft, "oder ich fahr eben
alleine!"

"Wohin fährste denn alleine?" Fredie, die eigentlich
Friederike hieß starrte Meg neugierig an.

"Musste eben mitkommen, dann weißtes!" Meg
schlenderte nun auffordernd vor ihren Freunden hin
und her.

"Wieviel Geld brauch man denn so, wenn man mit-will?" fragte Eddi kleinlaut, der schon Angst bekam, den Anschluss zu verpassen.

"Gerade mal genug für eine Straßenbahn, und noch etwas extra" antwortete Meg feixend.

"Nun sag schon, wohin du willst" meldete sich jetzt der dritte Junge, der bisher geschwiegen hatte. Er wirkte eher unscheinbar mit seiner blauen Jeans und der alten braunen Baumwolljacke. Auf der Nase hatte er eine Brille, die er bei dem momentanen Nieselregen alle Augenblicke putzen musste.

"Ok ich sag`s euch, aber nur wenn ihr mir versprecht mitzukommen!"

"Wenn´s meine Finanzen erlauben komm ich mit!" knurrte Eddi, und Ken und der mit der Brille, den sie Bronson nannten, nickten.

"Und was ist mit dir?" Meg sah Fredie herausfordernd an.

"Ich habe keinen Pfennig mehr, tut mir leid!" Fredie zuckte beleidigt die Schultern. "Dann werde ich wohl den Rest des Tages als einzige ein ödes Dasein fristen!" stöhnte sie mitleiderregend. Die anderen vier warfen sich schnelle Blicke zu. Dann nickte Bronson und sagte versöhnlich: "Nimm`s uns nicht übel Fredie, aber..."

"Das nennt man nun Freunde!" rief Fredie empört dazwischen und drehte auf dem Absatz um.

"Stop, ich war ja noch nicht fertig" Bronson grinste so breit, daß man die Zahnlücke, die er sich letztes Jahr Ostern bei einer Schlägerei zugezogen hatte, in voller Pracht bewundern konnte. "Wir schmeißen alle zusammen!" sagte er jetzt etwas lauter, denn Fredie war mittlerweile schon ein Stück entfernt. "Nun komm schon Fredie, sonst fährt die Straßenbahn noch ohne dich ab!" rief Eddi gutmütig hinterher und Fredie kam langsam, mehr wie zufällig wieder zurückgeschlendert.

"Meinetwegen" knurrte sie, obwohl sie innerlich froh war, dass ihre Freunde sie nicht hängen ließen.

An der Straßenbahnhaltestelle rückte Meg nun endlich mit ihrer "grandiosen" Idee heraus: "Wir fahren zur Kirmes, ganz einfach!" sagte sie schlicht und sah ihre Freunde erwartungsvoll an.

"Ich muss heute abend um acht Uhr zu Hause sein!" warf Fredie sofort ein.

"Du kannst ja noch abspringen, keiner zwingt dich mitzukommen!" Meg blickte nun herausfordernd die drei Jungs an. Doch von denen wollte sich keiner eine Blöße geben, und so erklärte sich schließlich auch Fredie bereit, den Ärger zu Hause auf sich zu nehmen.

Endlich kam die Straßenbahn mit einer viertel Stunde Verspätung. Die fünf Jugendlichen lösten ihre Fahrkarten und nahmen im zweiten Wagen Platz. "Seht mal da, der Penner!" rief Ken plötzlich und zeigte aus dem Fenster. Vor einem großen Kaufhaus saß ein Obdachloser fortgeschrittenen Alters. In Lumpen gehüllt und den Kopf gesenkt wartete er auf kleine Geldspenden der Passanten. Vor sich hatte er einen alten zerbeulten Hut auf den Bürgersteig gestellt, in dem sich schon ein paar Geldstücke befanden.

Die Straßenbahn hielt direkt vor dem Geschäft, und so hatten die fünf reichlich Zeit, die armselige Gestalt zu beobachten. Bronson klopfte gegen die Scheibe, bis der Mann den Kopf hob. Dann zog er Grimassen und gröhlte lauthals. Meg beteiligte sich sofort an dem Geschehen, und auch Ken verdrehte die Augen und zeigte lachend auf den Sitzenden. Nur Eddi und Fredie sahen betreten in eine andere Richtung, ihnen war die ganze Sache wohl eher etwas peinlich.

Die Straßenbahn war nicht voll besetzt, aber die wenigen anderen Fahrgäste äußerten dennoch ihren Unwillen an dem Benehmen der Jugendlichen. Eine Frau sagte: "So eine Schande, ihr solltet selber erst einmal Geld verdienen , dann wisst ihr, wie schwer das ist!" Und der neben ihr sitzende Mann fügte hinzu: "Man weiß doch gar nicht, aus welchem Grund es dem armen Mann so schlecht geht!"

Doch Bronson, Ken und Meg ließen sich nicht aufhalten und fuhren fort, Mätzchen zu machen. Endlich fuhr die Straßenbahn weiter. Sie setzten sich wieder auf ihre Plätze und bemerkten nicht, dass ihnen der "Penner" einen glühenden Blick hinterherwarf!

Die Endstation der Bahn lag genau neben dem großen Platz, auf dem die Kirmes aufgebaut war. Eilig verließen die fünf den Wagen und stürzten sich ins Getümmel. "Los, alle mir nach!" kommandierte Bronson, während er fleißig auf seinem Kaugummi kaute. Eddi hatte Schwierigkeiten die anderen nicht zu verlieren, denn er versorgte sich an der erstbesten Bude zunächst einmal mit einer Bratwurst. "Oh Mann, immer musst du essen!" stöhnte Meg, die es gar nicht erwarten konnte, die Raupenbahn zu stürmen. "Ohne eine gute Unterlage wird mir beim Karusselfahren garantiert schlecht!" konterte Eddi und ließ sich in aller Ruhe die Bratwurst schmecken. "Nun komm schon!" drängelte jetzt auch Fredie, die Angst hatte viel zu spät nach Hause zu kommen und zog ihn am Ärmel hinterher.

Der Himmel hatte sich inzwischen dunkelgrau eingefärbt, und der Regen war stärker geworden. Nach kurzer Zeit wurde der Kirmesplatz immer leerer, was die fünf allerdings nicht weiter störte. Bisher hatten sie die meiste Zeit an der Raupenbahn gestanden, und die war glücklicherweise überdacht. "Langsam kriege ich auch Hunger" sagte Fredie jetzt und sah verlangend zu einem Stand hinüber, der Grillschinken anbot.

"Hier haste Geld für ne Bratwurst" Eddi kramte großmütig ein Geldstück aus seiner Hosentasche und reichte es ihr.

"Danke Eddi, du hast jetzt was gut bei mir!" antwortete Fredie und stürzte zu einer der zahlreichen Buden. Sie war im Moment froh, etwas in den Magen zu bekommen.

"Fahr`n wir noch mal?" fragte Bronson und sah Meg erwartungsvoll an. Bronson war scheinbar sehr verliebt in Meg, aber sie ließ ihn immer wieder abblitzen. "Wenn du mich einlädst!" sagte Meg und warf den Kopf keck zurück. Das hatte sie wirklich gut drauf, das mit dem Kopf in den Nacken werfen! "Meinetwegen!" für Meg war ihm kein Opfer zu groß, und Bronson zählte eilig genug Geld ab um die Chips zu kaufen. Eddi sah verlegen zur Seite, aufgrund seiner Rundlichkeit hatte er immense

Schwierigkeiten, eine Freundin zu finden. Insgeheim schwärmte er für Fredie, die wiederum fand allerdings Ken "super süß", wie sie Meg einmal anvertraut hatte. Ken war ein Einzelgänger, der sich zur Zeit überhaupt nicht mit einem Mädchen einlassen wollte, und so blieb es eben bei dem jetzigen Zustand. Trotzdem waren die fünf unzertrennlich, denn die pure Langeweile, die in ihrem Wohnblock herrschte, war nur gemeinsam zu ertragen! Häufig unternahmen sie auch etwas zusammen, wie heute die Fahrt zur Kirmes. Doch meisten reichte das Geld nicht einmal für eine Eintrittskarte ins Kino, und so hing man fast jeden Tag genervt einfach zusammen herum.

Bronson und Meg hatten die inzwischen wohl vierte Raupenbahnfahrt beendet, als auch Fredie wieder antrabte. "Lasst uns noch ein bisschen weiterziehen!" schlug Bronson vor und versuchte vertraulich seinen Arm um Meg zu legen.

"Was bildest du dir ein? Nur weil du mich eingeladen hast..."

"Schon gut, schon gut!" beleidigt zog er seinen Arm schnell wieder zurück und ging nun neben Ken, um jegliche Missverständnisse auszuschließen.

"Sollten wir nicht die nächste Straßenbahn nehmen?" schlug Fredi vorsichtig vor. Es wurde bereits dämmerig, und die Uhr zeigte auf neun.

"Hast wohl Muffe?" zog Meg sie auf. "Jetzt wird`s doch erst interessant" Meg zog Fredie einfach hinter sich her. Plötzlich stoppte sie abrupt. "Das wär doch ein Mordsspaß!" rief sie begeistert aus.

"Was?" fragten Bronson und Ken wie aus einem Mund und blieben ebenfalls stehen. "

Das!" sagte Meg und zeigte auf eine große Geisterbahn.

"Kinderkram!" meinte Ken und wollte weitergehen, doch Bronson sagte: "Warum nicht, ich habe eine Idee. Habt ihr eure Spraydosen dabei, Leute?"

"Klar" grinste Ken und griff in seine Jackentasche. "Ich auch" rief Meg und grinste ebenfalls. Fredie und Eddi schüttelten den Kopf.

"Ich fahr jetzt sowieso besser nach Hause" meinte Fredie und sah Eddi hilfesuchend an.

"Meinetwegen, ich komme mit" unterstützte sie Eddi sofort, bevor die anderen Fredie aufziehen konnten.

"Also gut, haut ab!" tönte Bronson großspurig. "Die Wagen in der Geisterbahn sind sowieso nur für drei Personen, ihr müsstet also auf jeden Fall alleine fahren. Dann könnt ihr auch in der Straßenbahn nebeneinander sitzen und Händchen halten, ist doch fast das gleiche!" und er lachte über seinen eigenen Witz, der eigentlich gar keiner war.

"Bis morgen dann, tschüß!" Fredie ging schnur-
stracks in Richtung Ausgang, und Eddi folgte ihr wie
ein begossener Pudel.
"Hoffentlich sind die beiden nicht sauer!" Meg hatte
ein schlechtes Gewissen.
"Ach wo!" sagte jetzt auch Ken, *"wenn`s um solche
Dinge geht, sind sie zu Hause am besten
aufgehoben! Kommst du jetzt Meg?"* Meg folgte
ihm, denn Bronson stand schon am Schalter, wo die
Chips verkauft wurden. *"Was schert mich Fredie,
wenn sie so eine Bangebüchs ist. Ihre Alten hätten
ihr schon nicht den Kopf abgerissen!"* zerstreute sie
ihr schlechtes Gewissen und folgte den beiden
Jungs.
Vor der Geisterbahn standen große Lautsprecher,
und aus ihnen tönte unentwegt die Stimme eines
Mannes: *"Verpassen Sie nicht das gruseligste
Erlebnis, das Ihnen das Leben zu bieten hat! Hier
werden Sie zittern und vor Angst schreien. Unsere
Geisterbahn wird sie in das Tal des Horrors fahren,
steigen Sie ein! Sie werden es nicht bereuen!"*
Neben den Lautsprechern befanden sich große
Figuren, ein riesiger Affe, der sich immer wieder mit
beiden Fäusten auf die Brust schlug, und ein großer
Mann, der seinen eigenen Kopf unter dem rechten
Arm hielt. Zwischendurch wurde die Ansprache aus
den Lautsprechern noch von einem *"Uuuh"* oder
"Ääär" unterbrochen.

Die Wagen sahen aus wie ausgehöhlte Kraken, und vor einen der Fangarme war jeweils ein menschengroßer Affe gespannt, der den Wagen ziehen sollte. Alles wirkte ungepflegt, die Farben waren schon lange verblichen. Die Menschen, die die Geisterbahn verließen stiegen lachend aus den wieder ankommenden Wagen aus.

Bronson, Ken und Meg stiegen in einen Wagen, von dessen Affe die Farbe in großen Stücken abbröckelte, doch das störte sie nicht. Als sie endlich anfuhren kreischte Meg begeistert auf, wofür sie einen Ellenbogenstoß von Bronson erntete. "Mein Trommelfell platzt gleich" meinte er grinsend und lehnte sich lässig zurück. Dann verschwanden sie hinter einem schwarzen Vorhang.

Als erstes fuhren sie an einem ausladenden Spiegel vorbei, der ihre Gesichter gespenstisch verzerrte. Bronson zog die Sprühdose aus der Jackentasche und hinterließ eine rote Spur auf dem Glas. Auch Ken und Meg sprühten jetzt wild in der Gegend herum, der Affe, der den Wagen zog, bekam von Meg einen blauen Hinterkopf und von Ken einen schwarzen Arm. Grölend vergnügten sich die drei und keischten albern, als von links plötzlich ein großes Krokodil aus Pappmaché auftaucht und das Maul weit aufriss.

"Wie schaurig!" höhnte Bronson und verpasste dem

grünen Alligator einen schwarzen Fleck mitten auf die Schnauze. "Hey, guck mal darüber!" Ken lachte sich halbtot. "Das gibt`s doch nicht!" Nun erschien auf der rechten Seite des Wagens ein großer Gorilla, der scheinbar an schweren Ketten zog, mit denen er an einen künstlichen Baum gefesselt war. Dabei stieß er grölende Laute aus und zeigte riesige Zähne. "Das ist ja ein spitzenmäßiges Ziel!" Bronson zielte mit seiner Sprühdose mitten auf den gewölbten Bauch des Affen. Die rote Farbe verlief im Fell wie Blut, und das Tier wirkte noch unheimlicher. "Wie hab ich das gemacht?" fragte Bronson und warf sich an die Brust. Meg und Ken schrien begeistert Beifall.

Die verschiedenen Wagen fuhren hintereinander auf den Schienen, und ab und zu hörte man auch Gekreische und Gelächter von den anderen Leuten. Der Wagen vor ihnen machte nun eine starke Rechtsdrehung und verschwand hinter einem grünen Bindfadengeflecht, das aussah wie riesige Spinnenweben. Meg wollte gerade den Kopf einziehen, als sie bemerkte, dass ihr Wagen geradeaus fuhr, anstatt dem anderen zu folgen. Verwundert stieß sie Bronson und Ken an und sagte aufgeregt: "Wieso fahren wir denn auf einmal nicht mehr hinter dem anderen Wagen her?" Bronson beugte sich nach vorne.

"Hier sind gar keine Schienen mehr!" wurde er misstrauisch. In diesem Moment fuhr der Krake mit einer rasanten Fahrt bergab und es war auf einmal stockdunkel. Meg umklammerte nun den Haltegriff und war froh, dass die beiden Jungs neben ihr saßen. Alle starrten gebannt in die Dunkelheit. Der Wagen verlangsamte plötzlich seine Fahrt und durchfuhr eine starke Linkskurve. Dann flammte ein schwaches Licht auf, und sie fuhren wieder geradeaus. Bronson beugte sich erneut nach vorne und wunderte sich: "Hier sind nirgends mehr Schienen zu sehen! Wie ist das möglich?" Ken, der immer noch verkrampft seine Sprühdose umklammert hielt, hauchte nur: "Keine Ahnung, hoffentlich sind wir bald wieder draußen!" Doch da sahen sie einen großen Spiegel auf sich zu-kommen. Meg wollte gerade sagen: "Lange kann`s ja nicht mehr dauern", aber der Satz blieb ihr im Halse stecken.

Im Spiegel konnte man den Wagen mit dem Affen davor deutlich erkennen. Nur dass der Affe jetzt aussah, als ob er wirklich lebte. Die behaarten Beine bewegten sich im gleichmäßigen Rythmus, und das braune zottelige Fell wehte im Fahrtwind. Der Kopf, der auf einem kräftigen Nacken saß, neigte sich nach vorne, und an den Schultern waren starke Muskeln zu erkennen, die sich passend zu den

Armbewegungen anspannten. Doch das war nicht das Schlimmste. Das Spiegelbild zeigte die drei Jugendlichen im Wagen, aber alle hatten ein fremdes Gesicht: Aus dem Spiegel lachte ihnen auf ihren eigenen Körpern der Kopf eines Mannes entgegen. Und dieser Kopf trug das Gesicht des Obdachlosen, den sie aus der Straßenbahn heraus provoziert und ausgelacht hatten!

Sprachlos starrten Meg, Bronson und Ken in den Spiegel, als wollten sie nicht glauben, was sie dort sahen! "Hey, das ist ein Witz, oder?" Bronsons Stimme bebte allerdings etwas, als er diese Worte ausrief. "Witzig finde ich das langsam nicht mehr!" Meg bekam es mit der Angst zu tun. "Kommt, lasst uns einfach aussteigen, und zu Fuß zum Ausgang laufen!" schlug sie vor. "Einverstanden!" ließ sich daraufhin Ken vernehmen, und gemeinsam versuchten sie den Sicherheitsbügel anzuheben. Doch der Hebel saß bombenfest, und selbst mit der größten Anstrengung gelang es keinem der drei aufzustehen und aus dem Wagen zu klettern. Resigniert ergaben sie sich in ihr Schicksal, denn inzwischen hatten sie den riesigen Spiegel hinter sich gelassen, und der Affe legte eine schnellere Gangart ein. Hin und wieder stieß er einen lauten Seufzer aus, der durch die ansonsten herrschende

Stille noch unheimlicher klang. Immer mehr legte der Wagen an Fahrt zu, es schien auch noch leicht bergab zu gehen.

"Vielleicht fahren wir direkt in die Hölle!" versuchte Meg zu witzeln, tastete aber im gleichen Augenblick nach Bronsons Hand, da ihr gar nicht zum Lachen war.

"Ich frage mich, wann wir endlich wieder am Ausgang sind!" ließ sich daraufhin Ken vernehmen, der sich ebenfalls äußerst unwohl in seiner Haut fühlte.

Bronson schwieg. Seine Großspurigkeit hatte sich schlagartig in Luft aufgelöst.

Es blieb sowieso keine Zeit mehr zum Überlegen, denn jetzt tat sich zu ihrer linken ein weiter See auf. Der Affe verlangsamte das Tempo etwas, bevor er direkt am Wasser entlang seinen Weg fortsetzte. Zunächst schien die Oberfläche ruhig zu sein, doch dann geriet das Wasser in der Mitte des Sees in Bewegung.

Etwas schob sich langsam aus der Tiefe heraus, zuerst konnte man nur einen großen dunklen Fleck erkennen, dann formte sich das Gebilde zu einem Käfig. Immer höher stieg der Käfig, der aus dicken Eisenstangen bestand!

Darin bewegte sich etwas!

Erst konnte man nur drei Personen wahrnehmen, die verzweifelt an den Gitterstäben rüttelten. Heulende Laute tönten durch die Luft. Lautes Seufzen und Stöhnen drang zu den drei Jugendlichen herüber.

Dann entfloh Meg ein Schrei:
Sie selbst waren in diesem Käfig eingesperrt! Deutlich konnte sie Kens blonde Haare und seine Lederjacke erkennen! Bronsons Brille glitzerte nass im schwachen Licht, und sie, Meg, warf ihren Kopf mit der schwarzen Lederkappe in den Nacken und stieß unartikulierte schrille Schreie aus!

Dann versank der Käfig so plötzlich wieder in den Fluten, wie er erschienen war, und nahm die drei Insassen mit zurück in den See.
Meg merkte, wie ihr Magen anfing zu rebellieren. Ken, der stocksteif links neben ihr saß, hielt immer noch seine Sprühdose fest umklammert, als wäre sie eine Waffe. Und Bronsons Hand verkrampfte sich am Haltebügel des Wagens. Sein Gesicht war gelb und die Augen schienen ihm hinter den Brillengläsern aus dem Kopf zu quellen.
Doch schon hatten sie den See passiert, und der Affe steigerte erneut das Tempo. Jetzt war es wieder

stockdunkel, allerdings schien der Weg nun bergan zu führen.

Außer den Lauten die der Affe ausstieß war es totenstill. Plötzlich zuckten sie zusammen, und Meg fing an hystherisch zu kreischen. Etwas Wabbeliges Warmes Feuchtes war durch ihre Gesichter geglitten und hatte eine schleimige Spur hinterlassen.

"Was war das?" brüllte Bronson, der mittlerweile völlig entnervt war und verzweifelt versuchte seine Brille an der Jacke zu reinigen. "Verdammt, ich seh nichts mehr!" rief er panisch, doch dieses Zeug klebte und schmierte an den Gläsern wie weicher Klebstoff. Auch Meg und Ken versuchten das Zeug wenigstens halbwegs aus ihren Gesichtern zu wischen, denn es verbreitete zusätzlich noch einen penetranten Geruch.

Meg, die schon seit einiger Zeit unter starker Übelkeit litt konnte sich nicht mehr beherrschen. Sie beugte den Oberkörper nach vorne und übergab sich, während ihr die Tränen die Wangen herunterliefen. Auch Ken begann zu würgen und hielt den Kopf seitlich aus dem Wagen. Bronson flehte innerlich, dass diese Fahrt bald ein Ende haben möge, doch er wurde abrupt aus seinen Gedanken gerissen.

Vor ihnen tat sich eine halbrunde Öffnung auf, aus der ein rötliches Licht leuchtete. Der Affe steuerte direkt darauf zu!

Es sah aus, wie der Schlund der Hölle, und als sie sich näherten breitete sich ein neuer ekeliger Geruch nach Schwefel in der Luft aus. Am Eingang war der Gestank fast unerträglich, und auch Bronson kämpfte jetzt mit Übelkeit.

Der Affe lief unermüdlich weiter!

Der Wagen durchfuhr den Eingang und befand sich nun in einem engen Tunnel, der eine starke Hitze ausstrahlte! Die Wände wirkten, als seien sie in glühenden Felsen gehauen. Die Luft war erfüllt von Rauch, und Meg bekam einen Hustenanfall. Langsam mischte sich ein neuer Geruch in den schwefelartigen Gestank. Die Haare des Affen wurden von der Hitze angesengt, wodurch das Tier zu einer noch schnelleren Gangart angetrieben wurde. Die drei Fahrgäste hatten Mühe Luft zu bekommen, und Panik breitete sich aus!

Der Tunnel schien unendlich zu sein, der Wagen war ringsum von rotglühenden Wänden umgeben, als gäbe es kein Entkommen!

Doch dann wurde der Weg etwas breiter, und in einiger Entfernung nahte der Ausgang!

Endlich hatten sie den Tunnel hinter sich gelassen, der beißende Gestank begleitete sie allerdings noch eine ganze Weile. Gierig schnappten die drei nach Luft, und das Kratzen im Hals ließ langsam nach.

Der Affe war gleich nach dem Verlassen des Tunnels wieder in einen langsamen Trott verfallen, als müsse auch er sich von der Hitze erholen. Erneut herrschte totale Finsternis. Die Jugendlichen hatten inzwischen jeglichen Sinn für Zeit und Raum verloren. Aber die Fahrt war noch lange nicht zu Ende!

Als nächstes erreichten sie ein Gelände, welches dermaßen uneben war, dass sie in dem holpernden und schlingernden Wagen völlig durchgeschüttelt wurden und mehr als einmal Angst hatten zu kippen!

Der Affe allerdings setzte seinen Weg unermüdlich fort, als machten ihm die erschwerten Bedingungen nicht das Geringste aus.

Nun wirkte die Luft vor ihnen seltsam nebelig und undurchsichtig, und da merkten sie auch schon, welche Ursache diese eigenartige Erscheinung hatte. Wohl Millionen und Abermillionen feiner Fäden waren von Spinnen hier gezogen worden und klebten eklig in ihren Gesichtern, Haaren, und an den Kleidungsstücken.

Wieder hatte Bronson extreme Probleme seine Brille zu säubern, die sowieso von dem schleimigen Zeug noch restlos verschmiert war. Aber auch der Affe war nicht einfach so davongekommen! Überall in seinem braunen Fell hatten sich die feinen Spinnenweben verfangen, so dass er fast wie eine verpuppte Raupe aussah. Fluchend entledigten sich die drei Jugendlichen so gut es ging der klebrigen Fäden, als der Affe plötzlich seinen Schritt verlangsamte und schließlich ganz stehenblieb.

Einen Moment geschah gar nichts!

Dann schien Leben in den Wagen zu kommen!
Das Gefährt, das bisher nur wie ein Krake ausgesehen hatte, begann seine Fangarme zu bewegen!
Der vorher starre harte Innenraum des Wagens wurde weich und wabbelig, die drei Insassen hatten das Gefühl immer weiter im Inneren zu versinken!
Krampfhaft klammerten sie sich an die Haltestange, die sich auf einmal wie ein glibberiges Gummiseil anfühlte. Automatisch taten sie alles Erdenkliche, um nicht von der weichen Masse aufgesogen und verschluckt zu werden, denn der Verstand hatte inzwischen ausgesetzt!

Mit weit aufgerissenen Augen war keiner der drei Passagiere mehr in der Lage zu begreifen, was mit ihm geschah!

Währenddessen hatte sich der Affe von dem Fangarm gelöst, an dem er den Wagen bisher gezogen hatte. Langsam schlich er nun um die Jugendlichen herum und machte sich an der Rückseite des Kraken zu schaffen. Dann begann er keuchend und stöhnend den Kraken samt seinem Inhalt vorwärts zu schieben, bis sich vor ihnen ein Abgrund auftat!

Bibbernd, vor Angst gelähmt und nur noch Schatten ihrer selbst verfolgten die drei Jugendlichen sein Tun, als der Krake plötzlich in die Dunkelheit hinabrutschte! Die Fahrt wurde schneller, und die drei Insassen hatten alle Mühe, in dem weichen schwammigen Gefährt nicht das Gleichgewicht zu verlieren und vom Luftsog hinausgezogen zu werden!

Es folgten rasante Kurven, schwindelnde Abfahrten, bei denen Meg, Ken und Bronson die Augen schlossen und sich instinktiv aneinander festklammerten. Selbst über Megs Lippen kam inzwischen kein Ton mehr, sie glaubte nur noch sterben zu müssen!

Erstaunt öffneten sie die Augen wieder, als der Krake mit einem Ruck stehen blieb!

Trotz der dämmerigen Lichtverhältnisse erkannten sie vor sich wieder Schienen! I

In diesem Moment trat aus dem Dunkel der Affe auf sie zu, der sich inzwischen restlos von den Spinnenweben gesäubert hatte. Er griff erneut einen der Fangarme des Kraken, ehe er das Gefährt mit aller Anstrengung auf die Schienen zurückzog. Zur gleichen Zeit schien sich der Wagen wieder zu verfestigen und in seinen ursprünglichen Zustand zurückzukehren!

Auch der Affe war plötzlich wieder unbeweglich, die Haare waren verschwunden, und an seinem Kopf und Rücken bröckelte die Farbe wie vorher in großen Stücken ab. Deutlich konnte man auch die Spuren erkennen, die die Sprühdosen der Jugendlichen am Anfang der Fahrt hinterlassen hatten!

Unfähig sich noch irgendwie zu regen nahmen die drei diese Veränderungen wahr, als sich der Krake erneut in Bewegung setzte. Wieder fuhr er durch einen schwarzen Vorhang, und dann war tatsächlich Tageslicht zu sehen, besser gesagt das, was davon übrig geblieben war, denn draußen war es mittlerweile fast dunkel geworden. Der Regen hatte aufgehört, aber ein leichter Nebel bildete sich. Meg, Bronson und Ken saßen wie versteinert auf ihren Plätzen , als sie am Ausgang der Geisterbahn ankamen. *Der Kirmesplatz hatte sich inzwischen fast geleert, viele Fahrgeschäfte begannen ihre Kassenhäuschen zu schließen.*

Mit einem Ruck hielt der Krake hinter den anderen bereits leeren Wagen, die am Eingang trotz der späten Stunde noch auf neue Besucher warteten.

Nur wenige Menschen sahen neugierig auf die drei Jugendlichen, die immer noch keine Anstalten machten aus dem Wagen zu klettern.

Erst als ein Angestellter des Betriebes freundlich fragte, ob sie vielleicht neue Chips für eine weitere Fahrt kaufen wollten kam Leben in sie:

Fluchtartig verließen sie den Kraken und rannten los. Einige der späten Kirmesbesucher wunderten sich zwar über das eigenartige Verhalten, das manche Jugendliche heutzutage zeigten, aber Meg, Ken und Bronson kümmerten sich weder um die Spinnweben, die an ihnen hingen, noch um den schrecklichen Geruch, der sie umgab!

Sie beneideten aus vollstem Herzen Fredie und Eddi, die sicher schon zu Hause waren, und sie schworen sich hoch und heilig niemals mehr im Leben mit einer Geisterbahn zu fahren!

?!?!?!?!?!?!?!?!?!?!

Nachwort:

Diese Geschichten haben sich
        "ICH SCHWÖRE ES"
                nicht wirklich zugetragen!!!

Trotzdem kann sich vielleicht der eine oder andere Leser mit dieser oder jener Person in einer ähnlichen Situation identifizieren! Mir persönlich jedoch lag es besonders am Herzen darzustellen, dass es auch in unserem ganz alltäglich wirkenden Leben oftmals unerklärliche Vorkommnisse gibt!
Viele Menschen bezeichnen solche Geschehen dann als Schicksal oder Vorsehung. Aber gerade die geistige Herausforderung sich mit derartigen Dingen auseinanderzusetzen macht unser Leben erst spannend!

Ich hoffe, alle Leser haben zumindest den Anflug einer "Gänsehaut" erfahren!

Emily B.